杨娟/著

刺猬小姐与日落先生

四川文艺出版社

图书在版编目（CIP）数据

刺猬小姐与日落先生 / 杨娟著. -- 成都：四川文
艺出版社，2021.6
ISBN 978-7-5411-5870-4

Ⅰ.①刺… Ⅱ.①杨… Ⅲ.①长篇小说—中国—当代
Ⅳ.①I247.5

中国版本图书馆CIP数据核字（2021）第039582号

CIWEI XIAOJIE YU RILUO XIANSHENG

刺猬小姐与日落先生

杨 娟 著

出 品 人	张庆宁
责任编辑	陈润路 彭 炜
内文设计	史小燕
封面设计	闰江文化
责任校对	段 敏
责任印制	崔 娜

出版发行　四川文艺出版社（成都市槐树街2号）
网　　址　www.scwys.com
电　　话　028-86259287（发行部）　028-86259303（编辑部）
传　　真　028-86259306

邮购地址　成都市槐树街2号四川文艺出版社邮购部　610031
排　　版　四川胜翔数码印务设计有限公司
印　　刷　成都蜀通印务有限责任公司
成品尺寸　130mm×185mm　　开　本　32开
印　　张　7　　　　　　　字　数　110千
版　　次　2021年6月第一版　印　次　2021年6月第一次印刷
书　　号　ISBN 978-7-5411-5870-4
定　　价　35.00元

献给——和我的"日落先生"。

目录

Chapter1　日落先生　__001

Chapter2　我的孤独是一座花园　__011

Chapter3　刺　__017

Chapter4　别惹我！　__031

Chapter5　怕你所怕，才能爱你所爱　__043

Chapter6　玫瑰，带着刺儿的　__057

Chapter7　食物就是我的创可贴　__069

Chapter8　是谁来自山川湖海，却圈于厨房与爱　__091

Chapter9　车在颠簸，人在喧哗，我突然想起你　__107

Chapter10　炊烟与歌，我选择了歌声　__119

Chapter11　天天戴着面具，你不累啊！　__135

Chapter12　小·宇宙爆发的刺猬小·姐　__147

Chapter13　动作都相当奔放与性感　__159

Chapter14　因为我是爸爸的女儿　__175

Chapter15　每根刺都竖起来的刺猬小·姐　__183

Chapter16　请你放心的刺猬小·姐　__189

Chapter17　爱你的女儿　__197

Chapter18　站在阳光下，我们都是一棵等待开花的树　__205

Chapter

1

日
落
先
生

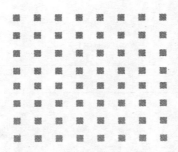

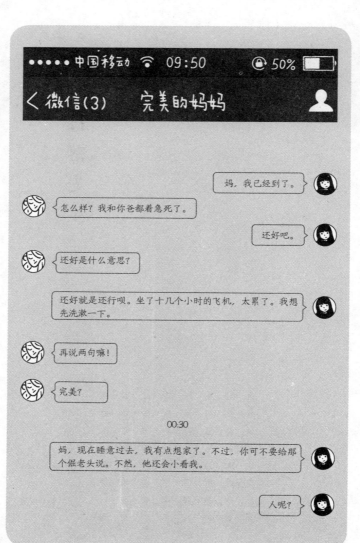

在飞机上遇到了一件很尴尬的事情。我坐在一位老先生的旁边。飞机起飞时，空姐过来用英文说了两句，请他把小桌板收起来。老先生一直望着窗外出神，我还以为他听不懂，就自作主张帮他把桌板收了起来。他转过头，用英文给我道了谢。标准流畅的英文！我真想从窗户里跳出去。

我们一路上聊了很多。他还夸我，才16岁就自己一个人坐飞机到异国他乡，很有魄力。哎，我才不好意思告诉他，我是和爸爸赌气才自己去的。妈妈，他是一个作家，他特别迷恋落日，而坐飞机时，看到的晚霞最为绚丽。所以，他一般都选择日暮时分起飞的飞机。所以，我就称他为Mr.Sunset。

临别时，我们互相交换了邮箱。他说，在英国遇到困难可以去找他。我连忙对他说，我很厉害，一般都是困难怕我。他又哈哈大笑起来。满是老年斑的脸因为大笑而肌肉抖动起来。看起来就像我的爷爷。

 别乱把地址给别人，你不知道外面的世界有多危险！

真是的，天天都这么唠叨，烦不烦？我都16岁了，难道我不能判断？我连好人坏人都分不清楚？

 坏人又不会写在脸上。

妈！反正他给我的邮箱我丢了，这样你满意了吧。人家是大作家，肯定不会给我邮件了。好了，我困了，我要睡觉了。

 不会吧，你别骗我！你那里现在还是白天。喂，我和你爸爸等了你这么久，给我们视频一下吧。你爸爸也有几句话给你说！

 女女？完美？

对不起，你的女女正陷入昏天黑地的睡眠中。目前，正处于第二层梦境，请不要吵醒她。否则后果很危险。

 万事随缘，事过无痕，我是佛系妈妈。我不生气，我不生气……

 喂，完美，你就给你爸爸回个信息吧，他等你很久了，他也不是故意要说那句话的……

日落先生

我之前从来没有注意过落日。

城市里的落日是不经眼的。落日还是那落日，只不过被高楼挡住了，或是因匆忙而从未留意。

第一次注意到落日，是因为他，日落先生。微瘦，脸上一直漾着干净的笑意。那不是一无所有的单纯，而是像阳光一样拥有七色又复归于白的纯，是繁华落尽见真纯的干净。

他喜欢落日，尤其喜欢飞机上的落日。

飞机渐渐升高，繁华的都市、高楼、汽车，都慢慢地缩小，就像小时候玩的玩具积木，直到消失不见，被云海所遮挡。我突然有了一种超脱的感觉。那座有几百万人口的城市，每天上演那么多爱恨纠葛，此刻都只是巨人手里的一个玩具而已。

夕阳把云海染得金黄，一朵朵云像是金色的岛一样浮在天上。"看到夕阳，我的心却是暖的。"他笑着说。我也沉浸在这炫目的黄中，心里又苍凉又温暖。我们俩都没有说话，只是静静地注视着窗外。几分钟后，太阳渐渐沉落，变成一道金光，虞美人一般地燃烧着。旁边却是蓝色，沉静的幽蓝色，再往上是淡紫色，烟一般袅袅娜娜，随时便可散开似的。

"飞机上的落日要长一些。"他两眼眯起来，额头上的皱纹也放松下来，安逸地躺着，"看到落日，我的脑海里总是浮现出卡彭特的*yesterday once more*的旋律。"说着，他就哼了起来：

> When I was young I'd listen to the radio,
>
> Waitin' for my favorite songs.
>
> When they played I'd sing along.
>
> It made me smile.
>
> Those were such happy times,

And not so long ago.

　　我也情不自禁地哼唱起来。在内蒙古罕台川下，枯草大漠，蓝天白云，那段我和云夕的"两个女生的中学"的日子。那是一段清冷而孤寂的日子，没有同伴，没有喧哗，只有几个老师轮流上一个小时的中文、英文、数学课。大段空白的时光，就是靠画画、唱歌、大漠上的游侠以及争风吃醋所占满的。

　　那是我16岁的漫长人生里，一抹快乐的微光。想起来，我的鼻子就酸酸的，突然有些想家。

　　他笑着问我："你也喜欢这首歌？"

　　我用力摇摇头，好像怕他看出来似的："这首歌太老了，我还小。"

　　他好像看明白似的笑着。这样的老人，真是的，多吃点盐，就以为自己什么都能看明白。我不理他，塞起耳机，故意把耳机的声音开得很大，故意选了一首摇滚乐，身子还故意扭起来：

　　看到父亲坐在云端抽烟

　　他说孩子去和昨天和解吧

　　就像我们从前那样

　　用无限适用于未来的方法

　　喂，爷爷，人家年轻人喜欢的是这样的歌，好不好？

　　他也不言语。我给妈妈说，我跟他聊了很多，就是想告诉她，我一个人可以的，我一个人可以的。16岁，一个人去国外，不需要别人照顾，跟谁都能处得很好。

　　突然，他拍拍我，示意我去看窗外。暮色渐合，整个天空呈现出像丝绸一样的深蓝色。晚霞只剩下一抹绯红，淡淡的，就像少女的心事。天边几颗大眼的星，闪着寂寞的光。

　　我怔怔地看着，一直到天色褪去。

　　他还是朝着我笑。我突然间想起了爷爷。如果爷爷还在，他肯定也会陪我看晚霞。但爸爸就不会，他心里只有他的梦。想起爸爸，我的心就抖了一下。他说过的那句话，仿佛种在我心里，生出根来，把心撑开无数条裂缝。

还好，终于离开他了，离开他的光环，他的梦想！

我自由了！

临下飞机时，那位先生起身要帮我拿行李箱，我拒绝了。他给了我一张名片，说他现在也住在英国。如果遇到困难，可以随时找他。他说，我很像他的孙女。

乘坐电梯时，我把行李箱随便一拖，行李箱横亘在电梯上，摇摇地斜了下去。他拍拍我，还是笑着说："行李箱要横着放。"

我冷冷地说了声"谢谢"。

坐上出租车，我才把那张名片拿出来。他的笔名真的叫"日落先生"，后面就是邮箱。跟爸爸一大堆头衔的名片相比，他真是太"无名"了。

反面写着：

> 露水的世，
>
> 虽然是露水的世，
>
> 虽然是如此。

我反复地读着这句话，内心有一种莫名的忧伤。

后来，我在图书馆里看到这一句话，这是小林一茶的俳句。

　　怔怔地读了几遍。下车时，我就把名片扔到了垃圾桶里。我是来独立的，不是来找安慰的。我现在不需要温暖。这又是新环境，我必须全力以赴。

我不是小乞丐，不需要赞赏

2人赞赏

我的孤独是一座花园

To Miss Unkown:

　　我是Mr.Sunset。收到我的邮件，你肯定激动得想跳到月球上吧。月球上太冷，你记得带上外套。

　　不过我想你这样的坚强的了不起的女孩，要真去月球，你也会咬咬牙就自己去了。新的环境，毕竟有很多不适应的。你需要时间。

相信你，倔强女孩！希望知道你更多的故事。

时刻准备着点开邮箱的Mr.Sunset

又：要知道我是一个作家，故事对我很重要。所以，不要觉得给我添麻烦。

To Mr.Sunset:

收到你的邮件，我的确很想跳到月球上。不过，别开心得太早，我并不是因为开心，更不是因为激动，而是因为，因为吃惊。

我吃惊的原因有三：

你是怎么知道我的邮箱的？在飞机上我清清楚楚地记得，我没有告诉你。

你为什么要好奇地听我的故事，你休想把我的故事写成书。要是你抱了这个想法，别怪我没有警告过你，我可是练过跆拳道的。而且，知道我现在在什么社团吗？综合格斗！！！

我很好奇，怎么会有人自恋到这个地步？以为自己是个作家就了不起吗？作家不就是天天坐在家里没事干写几个字玩玩吗？

十分不想再收到你邮件的刺猬小姐

又：如果再骚扰我，下次热映的电影就会是《摔跤吧！爷爷》。

刺猬女的小窝　　简书

简书 创作你的创作　　　　　免费下载 >

自由

与以往不同，这次新的环境是我自己选的。这就好像是一个怪圈，我永远都跳不出去了。我跳不出爸爸带给我的怪圈，跳不出我自己生命的怪圈。

很多人都羡慕我，能去英国那么好的公学，而且还有奖学金。从去年开始，我就拼命学习英文——这门带给我耻辱与荣耀的语言，我拼命地学习体育，练习乐器，所有看起来能让我与众不同的东西，我都在疯狂练习。因为我要跳出去。

明艳的花儿，需要汗水的浇灌。

我的孤独，是一座花园。

我不是小乞丐，不需要赞赏

0人赞赏

Chapter

3

刺

你这丫头，你爸真的想看看你。他让我问你，那个日落先生有没有给你写邮件啊？

有啊。

 那你跟人家好好回啊，别动不动就刺猬似的，别人是好意，又没有要伤害你。

你前两周还给我说什么，不要跟陌生人聊天。外面的世界很危险，怎么今天就变了？还有，你怎么知道我像刺猬似的？

 你这孩子，怎么说两句就起火药味？我去吃饭了。

一听你说话，就火大！

To 刺猬小姐：

收到你的邮件，我也有三点觉得不可思议。

一个小女孩居然学了跆拳道、摔跤。

还有女孩子居然给自己起名叫"刺猬小姐"，难道不应该是"玫瑰""百合"之类的吗？

以我多年的写作经验，我对你的故事愈发感兴趣。如果写成一本书，这说不定是我写得最好的一本书。

　　　　　　迫不及待想看《摔跤吧！爷爷》的落日爷爷

　　　又：我理解你的刺。我不会像别人那样说：
"喂，收起你的刺吧！别动不动就扎人！"

　　　又及：原谅上一句写得太长。

　　　又又及：你是一个很有写作天赋的女孩。

To 不怕摔死的日落爷爷:

　　不是所有的牛奶都叫特仑苏，也不是所有的女孩都
叫百合。

　　我的真名叫"完美"，这名字够完美吧。这样，我
的爸爸就成了"完美的爸爸"，我的妈妈就是"完美的
妈妈"，我们一家就是"完美的一家"了。

　　名字很丰满，人生很骨感。我就是一点儿也不完
美。长得不漂亮，说话也不漂亮。不就像刺猬吗？

　　所以刺猬小姐，乃我的真名也。真名，蕴含着至上
力量。你知道了我的真名，就拥有了控制我的力量。请
不要把我的真名告诉别人，否则我就会被别人操纵。

哈哈，忘了，这是现实小说，不是魔幻小说。作家爷爷，可千万别弄错了风格，把我写成一个巫婆了。

"完美"的刺猬小姐

又：劝你赶紧买好创可贴。

又及：说不定你也会被我扎伤。

刺

　　处在英国，才知道英国人为啥天天津津乐道谈天气。一日九变。这几日，因为天气，我也闹了不少笑话，估计给那些人，那些女人，提供了不少谈资。一节实验课，不知道让天也发生了啥奇妙的化学反应，变得就像一块拧不干的抹布。

　　文利，女，16岁，来自香港。她的周围围了一群人，或者说她总处在人群里。到哪个环境里，都能遇到这样的人，才两周就能与周围人打得火热，成为谈资的中心。此刻，她边撩拨着自己的那棕榈树般的波浪长发，边用英文说着："这该死的天下起了棍子和老女人。"

各位看官，你们也知道，我是一个好奇心特别强的人。天怎么会下老女人？我就接了一句："我只知道，英国的天会下猫和狗，哪有会下老女人的？"拜托，听完我这句话，她那张黑脸笑成了奥利奥！

我在心里想象着我把那个"奥利奥"扭一扭、舔一舔、泡一泡的场景，满意地说道："你的白色的银项链真好看。"她扭着身子，摸着项链："是吗？这条项链很贵呢。"

"的确很漂亮，"我拿起书本，准备走到一个靠窗的清静位置，"这是你身上唯一白的地方。"

我似乎听到她牙齿咯咯响的声音。我没有回头，也没有跟她们再坐在一起。女生真麻烦！

接下来，我可以想象后果——就是所有的女生都不再理我。是这样，肯定是这样。但孤单又怎么样？总比被她们伤害强！

可是在晚上，我又在半夜醒来，一头汗。

这个场景曾无数次地发生过。我抱着腿蜷缩在床上，把被子揉成一团抱在怀里。

然后我又沉沉睡去，却还是那个梦。都已经过去七八年了吧，可是一到一个新的环境，这个梦就总是挥之不去。

外面很安静，偶尔传来几声狗吠。我拉开窗帘，看到高高矮矮的房子像孩子一样卧在大地的怀里，大地用温暖的夜色为它们掖好了被角。

偶尔零星的灯光，是它们瞌睡的眼睛。

我泡了一杯咖啡，打开台灯，突然想写下点什么。

那时，我七岁，扎两个小辫，生活在西安旁边的小县城里。爷爷会给我唱秦腔，奶奶会给我做刀削面。我的童年是在小院子里长大的。想怎么跑就怎么跑，想怎么叫就怎么叫，就是到了饭点不回家也没关系，衣服粘得都是泥巴，头发上挂满了苍耳。我从来不觉得泥巴是脏的，饭前是要洗手的，早上是要梳头的，鞋子是可以一双一双换着穿的。

直到有一天，爸爸说，我们要一起去成都。爷爷说，在家里不是好好的吗？马上就要评上中学高级教师了，为什么还要出去折腾？

爸爸说，人应该看到更高远的东西（原话我早忘了，这一句是我根据他的性格杜撰的）。妈妈说，难道在小县城就不能做好的教育吗（这一句也是我杜撰的）？

爸爸说，不出去看看，连好的教育是什么样子的都不知道，怎么做好的教育？

妈妈叹了口气，就开始准备行李了。妈妈的梦想是做一个乡村教师，天天带着孩子们在山野间读书、画画、唱歌、写童话。我七岁前最喜欢读的童话都是我妈妈写的。

后来，妈妈说，自从爸爸接触了网络，见识了所谓"更广大的世界"后，我们的世界就都被打破了。我也不知道，出去是好是坏。

我们到了成都。爸爸见到了著名的教育专家，就在他的学校里教书。然后在我看来，我们全家人都开始了噩梦般的日子。

我们全家人挤在一间小宿舍里，吃喝拉撒睡全在里面。我再也不能在院子里自由自在地玩耍了。

爸爸带了学校里最乱的一个班级。他天天睡觉时，都想着怎样教好学生，带好班级。他晚上会熬到深夜，去看书、备课、看名师录像、写备课反思。妈妈说，爸爸是一个好老师。也许是吧,但他再也没有时间陪我。

有一次,他开始看起了动漫《海贼王》。我蹭过去时,他把我抱在腿上,看完了我才知道,他是为了学生看的,这样他们就会有共同语言。就这样,他还把《一起去看流星雨》追完了。

他也许知道了什么是好的教育吧。但是他却不快乐。妈妈也不快乐,她也带着一个初三的班级,天天很累,回来还要照顾我写作业。她再也没有画过画、唱过歌、写过童话。

我也不快乐。从此,我开始了我的噩梦。一个满身乡土气的女娃娃到了一个贵族学校。看着一个一个举止高贵大气、知识广博、衣着华贵的同伴,我沮丧到了极点。

别说英语了,连普通话都不会说。满口的陕西话,在第一次做自我介绍时,就把他们一个个笑得东倒西歪。

音乐课老师不认识我,她点名要人起来唱歌时,我总是被推到最前面,当我用陕西腔唱得不成曲调时,他们又一次笑得东倒西歪。

英语课,我根本都跟不上。

　　老师每次点名的时候，我都把头埋到最低，我一遍一遍祈祷，不要叫到我的名字。我希望别人不要看到我。

　　我不明白，为什么爸爸为了自己的梦，从来没想到他的女儿面临的灾难？

　　然而，光是嘲笑还不是最可怕的。当时班级里有一个女孩，鹅蛋脸，脸上都是雀斑，眼睛很细长，但是眼神却很凌厉。人不好看，成绩也只是中等，但是我们都怕她。

　　虽然我刚来，但凭借孩子的敏感，就感知到了这一点。玩秋千时，一群女孩都站着，等她玩够了才能玩。但她往往是不下来的，除非老师走过来。一旦看见老师，她就马上下来，装出很谦让的样子，还推着别的同学荡。老师会回报她一个欣慰的笑容，对同行的老师夸她体贴、懂事。

　　怎么可能？这么小的孩子，怎么有这么强的心机！也许就是这样，老师超级喜欢她。她在老师面前总是很乖巧——扶受伤的同学去医务室，捡地上的垃圾，老师说什么，她总是第一个响应。

这就是大家都害怕她的原因吧。

有同学提醒我，她每个星期都要找一个同学"上贡"——从家里拿贵重的东西或是钱给她。那个同学还说，如果找到我，千万不要拒绝。

第二个星期，她就盯上了我。第一天，她让我交十块钱。没有办法，我只好偷了妈妈的钱给她。第二天，她又让我给她一个笔记本。

偷钱的事，还是被妈妈发现了。妈妈很失望。她不说话，只在那里坐着，也不理我。我只好跟她说了实话。她告诉了爸爸，爸爸告诉了校长，校长就批评了老师。

我清楚地记得那天下午。就在我们教室后门口，我站在两个大人面前，他们一直在逼问我，到底有没有这件事。那个女孩就坐在后门。她也一直盯着我。我全身都在颤抖，在两个大人的逼视下，我摇了摇头。

老师如释重负地长吁了一口气，那个女孩得意地笑了，爸爸很失望地盯着我。从此以后，我在班里就更没位置了。老师认为我品格有问题，总是说谎。甚至连之前提醒我的那个女孩也不理我了。

那一次，我没有长刺，我害怕刺伤了别人。但是我自己却被刺伤了。后来，那个女孩就越来越嚣张，越来越放肆。

第二年，我们班级来了一个新的老师。衣着不怎么时尚，但是人挺温柔，没有上个老师严格。她对我也很好，没有给我贴标签。在她眼里，我本来就是属于这个班级的吧。可是那个女孩子，却一直在暗地里捉弄新老师。她会在老师上厕所的时候，把头发扔进老师的碗里，还会在老师背过身讲课时，朝她做打枪的手势。

有一次，在她又一次在老师背后嚣张的时候，我实在忍无可忍，突然冲上去，拽着她的衣服，把她拖了起来。我清晰地记得她那张惨白得像刚下的鸡蛋的脸，眉毛耷拉着，嘴巴因为吃惊而扭曲着。我对老师说："就是她，一直在你背过身时，朝你做打枪的姿势；就是她，暗地里给你起外号叫你乡巴佬；就是她，把头发放到你的碗里。"

老师也很吃惊地立在那里，一时不知道说什么。那个女孩又开始装出一副楚楚可怜的样子，嗫嚅着否认。

老师问其他人，其他人不敢说话。那些人究竟是被欺负了多久，才这么软弱？还是恶比善强大，他们心里也觉得这是理所当然？

当时那一幕，令年幼的我无法理解。以后，我又无数次回忆起那一刻。

最后老师把我拉到座位上，轻声细语地安慰了那个女孩很久。我坐在位子上，天很热，我却不停地发抖。

心第一次觉得很疼，那是被一根刺扎的。

从此，我也就长出了刺。

我不是小乞丐，不需要赞赏

2人赞赏

别惹我！

●●●●●中国移动 📶 09:50　　　@ 50% 🔋

< 微信(3)　　完美的妈妈　　　👤

妈妈，我想问你一个问题。

你问吧。我怎么觉得我接下来该走深沉路线了呢？

你说，我脾气那么坏，又那么倔，怎么一点儿也不像你啊？

脾气长相都像你爸那个倔老头。我也觉得奇怪，人家都说如果长相像爸爸，那么性格就应该像妈妈。你倒好，让我一点儿安慰都没有。

我才不像他，一点儿都不像。

好，你就是四不像。都怪当时怀你的时候，他出去学习了。我就想他，天天梦见他，还天天画他的素描，所以你就像他。

我要是你，我就不嫁给这样的人。你都怀孕了，他还去学习。

我当时也生气，但又怕气坏了肚子里的你。

你当年肯定是"才貌双全""德艺双馨""天下无双"，怎么会看上他那个胖纸？而且还是个又丑又傻的屎胖纸。我就是看不顺眼，他整天啥家务也不做，在网上写一篇文章，就有一群女粉丝屁颠屁颠地给他点赞。天下哪有这样的道理？

 你这丫头，说话咋这没大没小呢。去英国留学后，也没见你变成绅士？

绅士是男的，老妈，拜托！下次你不仅要充IC卡，你还要充IQ卡！

 IQ是啥意思？

就是你要充点智商了！老妈，老爸有一件事，你知道不？

 啥事？快说！

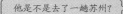 他是不是去了一趟苏州？

 是啊。

 他回来是不是很开心？

 好像……是吧……

 他是不是……

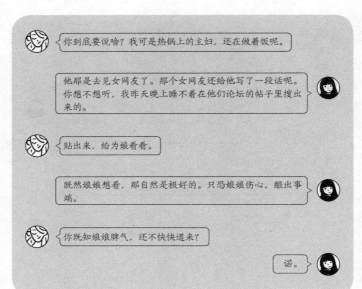

　　这是我第一次见到他。微胖（完美批注：切，这体型还叫微胖，那猪也是微胖界的了？），总是笑着，让人觉得很亲切。之前的紧张全都放松下来了。我没有想到，他就坐在我面前，就在我眼前，一点儿架子也没有。但他谈起教育、谈起哲学时，就觉得好远，远在云端（完美批注：听见没？他是云端的男子唉。只是不知道那是怎样的云，才能承受得住他的体重。据我所知，已经有五把椅子，只因为他在人群中多坐了一会儿，从此再也没有见过它们的容颜）。

吃完饭，他还把饭菜都打包了。他向来如此。以前读他写过的一篇文章《论打包里的教育学》，以为他只是说说，没想到他真的这么做了（完美批注：每次家里的剩饭剩菜，也都是他"打包"的，要不然他怎么可能成为这么重量级的人物？）。

分别后，我还一直激动。我今天居然见到了教育界这么重量级（完美批注："重量级"这三个字用得极妙，一语双关，读之，形象跃然于纸上，真是妙绝！）的人物。

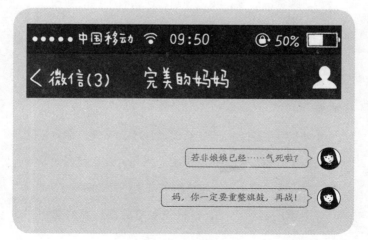

叫什么叫？为娘哪有那么容易被打败？放心，刚才只阵亡了两块猪排而已。不过，你倒是给你爸也回个信息啊。

回答是三个字"绝对不可能！"

 那是五个字，加上标点符号是六个字！

真是语文老师，还能不能愉快地交流了？还有，别告诉他，那段话是我发给你的。他知道了，还以为我很关心他呢。我只是闲着无聊而已。

To "完美"的刺猬小姐：

　　谢谢你的劝告，我已经买了十盒创可贴，以备不时之需。睡觉的时候，我还在想，这么有个性的女孩，天生就应该是个作家啊！

　　可是我搜了新浪博客、脸书，都没有看到你唉。还请刺猬小姐把你秘密小屋的链接发过来，让本作家帮你看看。

　　如果我要说，你肯定会激动地手直哆嗦，你肯定又要笑我了。那好吧，我就谦虚一点儿，谁让我老人家年纪比较大呢。嗯……咳咳，接下来是严肃的时刻了：

　　尊敬的刺猬小姐，日落先生急盼读到您的文字。

若有幸看到，肯定字字奉为珠玑，必洗手净目后方敢拜读。还请刺猬小姐赐教。

你诚挚的　日落先生

又：你有没有读过我写的书？

又及：请不要把我给你写的邮件贴到论坛之类的。要知道，人家还是很有名的。

又又及：近日常下雨，出门记得带伞。

To 诚挚的日落先生：

我再次郑重地声明，我讨厌作家，更不想成为作家。整天写写写的有什么意思，所以以后请不要再问我要什么故事了，本小姐没有。像我这样强大的人，看谁不舒服，直接一脚就上去了，我才不需要用没用的文字来疗伤。

你知道吗？我今天又上了综合格斗课。

那个文利，就是之前给你说过的，皮肤很黑的，看起来就像黑夜里的一头黑熊的那个家伙，她也参加了这个社团。她将近170cm的个头。事实上，我是拳击队里最矮的，站在他们面前，我就是一个活脱脱的霍比特人。

今天我搭档请假了，那个文利的搭档也请假了。巧吧，于是教练就指定我们俩一起练。她可能还对我说她的那一次念念不忘。我们在做热身动作时，她就一脚踢过来，绝对是用尽了排山倒海的力气。我可不能让她这么嚣张，她第二次踢过来时，我一手拽住了她的腿，她就一个趔趄摔了下来。

我想，从此以后，她应该认识到我——虽然只有160cm，但是也绝对是不好惹的。

所以，我劝你，赶紧离我远点儿，别来烦我！

又：谁读过你的破书？

又及：我爸说了，书写得不好，只会给世界留下一堆垃圾文字。

又又及：天气很冷，就你这么单薄，不感冒才怪。我不用你担心。

别惹我！

说实话，我是脑子进水了，才报的摔跤社团。当时只看到海报上就MMA三个字母，凭借着好奇，就进入了这个听起来很酷很拽的社团。

进去之后，才发现真是入了狼窝了。下面是百度的解释：

> 综合格斗即MMA（mixed martial arts），是一种规则极为开放的竞技格斗运动。MMA比赛使用分指拳套，赛事规则既允许站立打击，亦可进行地面缠斗，比赛允许选手使用拳击、巴西柔术、泰拳、摔跤、空手道、柔道、散打、截拳道等多种技术，被誉为搏击运动中的"十项全能"。

　　一进去发现，我最小，我最弱。那种不安定的感觉又来了。但是，我从小就想学跆拳道，因为我知道，只有我强大了，才不会被欺负。啥也不会，装得楚楚可怜，只会被欺负。

　　我昂着头进去，穿了很宽大的衣服，尽量让身材显得高大些。但我还是悲哀地发现，我还是个头最小的。看着别人短衣短裤，露出健硕的肌肉，我还是昂着头。

　　一个头上满是小卷的黑人男孩，朝我吹起了口哨："你是过来跑步的吗？"大家都笑了起来。

　　我故意跺了跺脚，莞尔一笑："放心，不是来找你跑步的。"

　　挑选搭档的时候，左右两排，自由挑选，不到一分钟，大家各自都有了搭档。我就知道，肯定没人会选我。

　　这时，我听到了一个声音问："谁是单着的？"

　　文利指着我叫道："她是！她是！"

　　一个长得很瘦弱，脑袋很大，看起来像豆芽的男孩腼腆地走过来。大家一阵哄笑，还用两个大拇指做出"在一起"的手势来。切！我这才想起single在英文中也表示"单身"的意思。

我用凌厉的目光一一扫射过去。他们立马不笑了。

我本来对那个豆芽男凯文很感激，因为他让我避免了尴尬，但是因为他的瘦弱，又让我陷入了新的更为难堪的境地。所以，我没来由地一阵怒气涌上来。而他倒是很腼腆，蓝色的眼睛清澈见底。虽然我对他怒气冲冲，但是他一直朝我干净地笑。

训练时，凯文可一点儿不怜香惜玉。一五一十做得十分到位。要知道这可是我第一次参加社团，就遇到魔鬼社团，比起我爸的严苛有过之而无不及。先做热身运动，就是两人一组仰卧起坐，一边起，一边击掌。我做了三十个左右就再也跟不上了，腰背都不是自己的，累得气喘吁吁，根本跟不上他的速度。但他并没有抱怨，还是按照自己的速度一边做一边跟空气击掌。

唉，算了，今天不写了，敬请关注《别惹我（二）》。

我不是小乞丐，不需要赞赏

3人赞赏

怕你所怕，才能爱你所爱

●●●●●中国移动 📶 09:50 　　🔒 50% 🔋

< 微信(3) 　　完美的妈妈 　　　　👤

妈妈，啥事？

 听你这么一说，我怎么真觉得你爸不对劲儿呢？

求细节。

 他总是深更半夜把自己关在房子里面。有时候对着电脑发笑，也不知道为什么。还有时候又像很难过的样子，我问他，他也不说。

他不经常那样吗？一写东西，一思考问题的时候，不都这样玩深沉吗？

 这次好像不一样。我过去的时候，他会把电脑突然关掉。以前写文章，到处发给别人看，唯恐天下不知似的。这肯定有问题。

貌似有问题。

 你也这么觉得吧。要不，你跟他聊聊，探探口风？

 跟他聊聊？这是你的真实目的吧。

 我对天发誓，绝对不是。你爸真的不对劲儿，是不是跟苏州那个女网友？

那你得盯着点儿了，有情况及时给我汇报。

 我觉得你爸爸有事。

To 日落先生:

这次我主动写给你，要是你以为我崇拜你，那你就错了。我只是在等下一场讲座期间很无聊，才写给你的。

如果……一件事情，看起来是对的，可心里又觉得是错的。有时候看起来是错的，可心里知道又是对的……哎呀，我也说不清楚了。

算了，还是把这件事告诉你吧。那个文利，你总该知道了吧。真是，写到这个名字我心里就发怵。

文利朝我横踢一脚，我以为她是朝我撒气。当她第二次踢向我的时候，我就用手一抓，她一下子失去重心，摔倒了。她的表情凝固在脸上，还没有来得及转化成惊讶。从她的表情，我知道，也许她并不是故意踢我的。

教练马上喊停，所有人的目光都看向我们。我脸红一阵青一阵，可就是站在那里不动。反正，是她先踢我的。亚历克斯把文利扶到垫子上，蹲下身给她揉着。

哼，她就是故意装给大家看的！

教练一直盯着我，什么话也没说。我觉得好像有一千条虫子在我背上爬。这时，文利说话了："是我刚才一脚踢空了，完美是想把我扶住，可是我比她个子大，还是来了个后空翻。"她边揉着自己的脚踝，边忍着痛苦。

凝固的空气因她的笑，散了。大家纷纷向她问候，但全程都没有一个人问我。

故意装善人！又不是宫廷剧，演什么苦肉计！

夜里，我总是梦见她对我笑。一会儿是嘲笑，一会儿是善意的笑，一会儿又变成了狞笑，我也分不清楚了。这几天上课，我都躲着她，不敢看她。倒是她，还总是先给我打招呼。

搞什么呢？假善人！她这是在故意彰显自己的大度！

坦白的刺猬小姐

又：要是你觉得我给你说了真话，就觉得我是坏人，那你就觉得吧。

又及：我看了你写的那本诗集，说实话，只是有那么一点点喜欢。

又又及：离我最喜欢的海子的诗有几亿光年那么远。

To 刺猬小姐：

没想到，刺猬小姐竟然主动给我写邮件。那么今天于我，就是一个阳光灿烂的日子，虽然外面阴雨绵绵。

你真的很坦诚，坦诚到把自己的所思所想都写了下来。这真的是一个好作家应有的品质。我这么说，你可能又要说，别再提写作了。可是，孩子，无论你有没有用笔在写，你都在书写。因为你的人生就是一个故事，

而你就是书写者。一个好的书写者，首先就是要真诚，
要忠于内心，要敢于面对内心的犹豫、彷徨、阴暗，那
令人害羞的没有阳光照射的地方。

　　而你，有这样的勇气。拥有真诚面对自己内心的勇
气，你就一定能找到自己。怕你所怕，才能爱你所爱，
行你所行。

　　这勇气，不是别人给的，是蕴含在每个人心里的。
只要你和真实的自己对话，你就能召唤出来。

　　当你愿意倾听自己声音的时候，是不是有一个声音
让你恐慌？让你坐立不安？让你觉得自己做得对，其实
又不对？

　　试着问问自己吧，你就知道答案了。如果知道自己
不对了，我相信你内心的勇气也一定会给你指引方向。

　　你喜欢我的诗集，虽然只有一点点喜欢，那也是我
的荣幸。诗，就是一刹那间的兴发感动。读诗，就要回
到生命感发的状态。海子的诗，是少年人的最爱。我在
年轻时，也整天抱着他的诗集读，张口闭口"德令哈，
这是最后的抒情"，写情书时，也常常写上这样一句：
今夜，我不关心人类，我只关心你。

想想那时的岁月，好像不是在地上。十五六岁的生命，不是生活在俗世间，而是生活在平流层的。现在我也常常看到你们这么大的青年，跟亲人出门都戴个耳机，外在的喧闹似乎与你们无关，你们自有一个世界。少年人的精神是向上的，身体却是向下的。这时的生命，又是分裂的。这是最浪漫的年龄，又是最危险的年龄。

"To be or not to be." 这是一个问题。这是哈姆雷特所面临的困境，也是你们这个年龄的呼声。这是海子的希冀，也是他的痛苦，以至于他脆弱的生命无法承担。

热爱海子吧。但也要读一读一些理性的书，一些可以解决你困惑的书。你会发现，你的问题，早有人问过，还会有人再问。你的追寻，早有人追寻，还会再有人追寻。生活，就是一个对话的过程。和书籍对话，和遇到的每一个人对话，然后发出自己的声音。

原谅我啰啰唆唆说这么多。只是因为你说到海子，我就想到了我的年少时光，那段痛苦而完美的分裂时期。这一段时间，因为天气的缘故吧，又时常咳嗽，到夜里更甚。就想把自己的经验一股脑儿给你。这就是老年人的通病吧——自己走过了，总想把那些弯路标出来，免得年轻人重蹈覆辙。可是生命又不能预演，谁又知道这些对别人是不是弯路呢？

或者说，没有一条路会白白走过。

伤感而唠叨的日落先生

又：你可以读读泰戈尔的诗。

又及：不用担心我。

刺（二）

没有一条路会白白走过。

这些天，不知怎么了，总是回忆起之前走过的路。那段在成都的日子，并不都是暗淡的，孤寂中也自有安慰。

我们在离学校不远的地方租了个一室一厅。房间总是阴暗的，常常有一种发霉的味道。天也不像陕西的天，高朗直爽，总是不阴不阳地皱着眉头，雨似下非下，欲说还休。

妈妈刚去的时候，很喜欢那样的天，她说，看起来一切都是青黛色的。可是时间长了，她就开始怀念起老家的好来。老家的大，老家的单纯，老家的不谙世事。

每天早上，我起来时，爸爸已经不在了。他每天都是最早一个去学校的。我拉着妈妈的裙角，睡眼惺忪的，只有妈妈衣裙上的向日葵花亮得晃眼。桥头上，早就有很多阿婆阿公在卖菜了，无论晴雨，不管寒暑。妈妈常说："女女啊，有些人的生活很艰难。我们在世界上，已经占有了很多资源。我们要享受快乐，但是也要知道这世界上有很多苦难。"放学回来时，他们还在，蹲在桥头，就着冷风喝一碗稀粥或是啃一个烤红薯。不管需不需要，妈妈总会买一点儿菜。桥头还有一对乞丐夫妇。男的很苍老，脸已经被风霜和胡子遮蔽了，一只膀子常常露在外面。女的穿着倒是完整的，眼睛很大，但脸上有两道斑，赭红，凸起，很是骇人。但她的眼睛倒是温柔的。男的拉琴，妈妈说，那是马头琴，他们应该是从内蒙古来的。女的唱歌，唱的都是些听不懂的，旋律是简单的，常常重复，但是很悠扬苍凉，像是风从大漠上吹过。

　　下班时，妈妈若是不急着回家，就会拉着我，在那里坐一阵子，听着听着，妈妈的眼泪便会掉下来。我倒是不哭，但心里也是酸酸的。妈妈便攥紧了我的手。

　　到晚上，女的就躲在男的怀里，睡在桥洞里。有一天，女的头上戴了一个亮晶晶的发卡，显得她的眼睛更美了。看我呆呆地看着他们，男的害羞地问："她戴上好看吗？"我使劲点点头。他放下手中的马头琴，满意地说："今天，是她生日。"妈妈为此感动了很久。她说，贫贱的生活遮不住高贵的内心。

慢慢地，似乎我也慢慢喜欢上了成都。可是，有一次，又让我觉得，我们只不过是外乡人。外乡人，这三个字，也是从那时听到的。

那是一个傍晚，我在写作业，妈妈在做饭。突然传来一阵乱雷似的捶门声，妈妈惊慌地打开门，一个外表妖娆的女人和一个胖乎乎的中年男人气势汹汹地立在那里。妈妈还没来得及开口，那女人就连珠炮似的说道："你们外乡人在我们楼里租房子，还不注意卫生，垃圾扔得到处都是，把我们这里也搞得乌烟瘴气。再这样，就滚回去！"

妈妈从来都是把垃圾扔到垃圾箱里的。妈妈声音小，正想辩驳，可是那女人根本不给妈妈机会，不停地骂，不停地骂。我实在无法忍受了，冲上去，抱住她的腿咬了一口。

接下来可想而知，他们不依不饶，让爸爸带着她去医院……那天折腾到很晚，我们三个人都没有吃饭，坐在饭桌前，不言不语。

我在想，爸爸有没有后悔过走出来，当一个被人看不起的外乡人。

后来，爸爸说："走吧，我们去散散心。"走上桥头，看见我们过来，那对乞丐夫妇很热情地向我们挥臂。男的说："你们今天没来散步啊……我们知道你们的事了。刚才你们邻居经过时，我问了她。"他又朝我笑笑，"这丫头倒是有几分性子。"

我不知道他是表扬我，还是骂我，我当时听不太明白。

"坐下来吧，我们给你们唱首歌。"

他们唱了起来，女声宛如天籁。我们一家人都听得入了神。临走时，女的从怀里郑重地捧出一本书，是《小公主》，已经被翻烂了。可是，我至今还保留着。

"我们明天也要走了。"

"去哪里？"妈妈很慌张。

"去达州。我们一个亲戚在那里。"女的拢了拢额前的头发，露出鲜红的斑，"你们喜欢我们的歌。我们要走了，就想着为你们再拉一次，所以一直等在这里。"她说话时，声音很温柔，沉静。

妈妈的眼泪又掉了下来。

"我们还以为今天晚上你们不来了呢。毕竟出了点儿事情。"男的很害羞，好像不习惯说出这样的话，"她说，再等等，你们就来了。"

他们互相望着，好像很满足的样子。

女的又用眼光摩挲了那本书，说："这本书跟随了我很多年，我读过很多遍。我们家失火前，我也常常读给我女儿听。"

"你还有女儿？"我惊奇地问道。

他们沉默了，不说话。妈妈拉了拉我，示意我不再问了。

回来的时候，月亮照着我们仨。"世界吻我以痛，而我报之以歌。"爸爸吟道。

后来，我才知道这是泰戈尔的诗。

我不是小乞丐，不需要赞赏

0人赞赏

玫瑰，带着刺儿的

妈，你们还好吧？

我还好。但你爸爸状态不对。

怎么了？

以前他吃完饭，屁股一拍，就去读书工作了。现在他会坐下来跟我聊聊天。还一直望着我，对我笑。等我吃完了，还要抢着给我洗碗。

肯定是突然良心发现了呗。那你应该开心啊。

你不懂。他最近经常咳嗽。

怎么最近大家都流行咳嗽？

他从来不体检，说只要内心强大，精神就会保证身体不生病。

这是啥理论？狗屁理论！

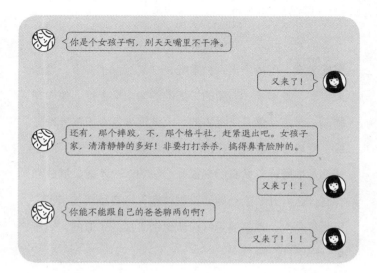

To 唠叨的日落先生：

不知道你的咳嗽好了没有？你吃药了吗？别以为我担心你，我只是希望你能好，这样就多一个跟我吵的人。

你突然这么伤感，让我觉得好像换了个人。可是又觉得之前的嘻哈风格跟你的外表不搭，仿佛伤感的唠叨才是真实的你。

我不知道你说的内心的东西是什么，但是我知道我心里有一个声音让我不安，让我知道，我做错了。

前天一起床，我就告诉自己，今天无论如何，都要跟她道歉。可是一走到教室吧，气又泄掉了一半。她今天穿了一条裙子，高腰的，把她的肉全部上提，集中在腰部，一走动就晃来晃去的。大波浪鬈发今天格外地蓬松，变成了西瓜虫一样的小鬈发，颇有些不安分。她心情倒是很好，总是看起来很开心似的。搞不懂，胖成那样有什么好开心的。她还没进教室，声音早就传来了。见到每个人，她都搞得好像认识别人很久了似的，热可可一样地打招呼。

她带来了好多盒已经装好的饼干，热情地分给每一个人，当然也包括我，好像我也是她好朋友似的。

在想象中，我应该自信泰然地站起来，向她伸出手，表示感谢，同时大声向她道歉。

可在现实中，我冰冷地看了她一眼，把饼干推到了一边，啥也没说。这在重视礼貌的同学眼里，肯定觉得我简直不可理喻。管他呢，我才不在乎他们的想法！

当天晚上，我想，第二天又有格斗社活动，我要当面向她道歉。可是一早起来就觉得不舒服，眼冒金星，喉咙发干。一整天都感觉被外星人劫持了一样，灵魂不在地球上。要知道，我真是下定了决心，可是老天实在不给我机会啊。所以，我只能忍痛请了假。

谁知道今天早上，她给我了一瓶维生素，还邀请我去她家吃饭。天哪，她坐在我面前，滔滔不绝地历数着她昨天吃的美食。我真搞不懂，长这么胖，怎么好意思吃那么多呢？而且一边减肥一边狂吃。这让我想起了小时候常常做的一道数学题：一个游泳池，全部放完水需要四个小时，全部蓄满水需要三个小时，请问这个管理员一边放水，一边蓄水，需要多久才能把这个池子蓄满水？

你知道吗？我居然答应了。鬼知道我当时脑子是不是进水了，我去她家做什么呢？

好吧，我现在鼻塞又严重了，头又开始晕了起来。也许，明天一早我的感冒又要加重了，估计床都起不来了。周六，就只能可悲地在床上度过了。我要想好，明天该怎么对她说，免得她做那么多菜。

马上要感冒得一塌糊涂的刺猬小姐

又：我今天读了泰戈尔的一首诗。

又及：你的少年时代是怎样的呢？

又又及：不会是一个刺猬男孩吧？

To 马上要感冒得一塌糊涂的刺猬小姐：

谢谢你的关心，我会保重身体，争取和你多吵一段时间。

我敢打赌，你明天早上起来，肯定会觉得头晕恶心，像被床粘住了一样，怎么都起不来。因为怯弱的人，一般都很容易被感冒打败。你看我，年纪这么大了，我还是一早就起床，做了很多事情。要知道，我也是咳嗽了一夜哎。

所以我劝你，还是今天晚上打个电话给文利，告诉她你根本没有力气走到她家，更没有胃口消受她的招待，最后记得谢谢人家的邀请，并且暗暗告诉自己，在英国就一直孤单好了，张开所有的刺，武装起所有的精神，把所有要靠近你的人，全部震慑在安全距离以外。

这样，最安全，最省事，不用陷入什么友谊的束缚，不要因为维持友谊而费尽心机，更不用因失去友谊而悲痛绝望。这样，小葱拌豆腐，一清二白，一了百了，岂不畅快?

　　从此，月下独酌，无相亲；举杯邀月，成三人。何如?

　　　　　　　　　　　　　　　　拭目以待的日落先生

　　又：晚上睡觉的时候吃点感冒药。

　　又及：多喝热水。

刺（三）

从此，我再也没有见过那对夫妇。但是他们送给我的《小公主》却给了我莫大的安慰。

我一遍一遍地翻，每天睡觉前我都要读几页，里面有些段落我都会背，但每次读我都会哭。无论怎样，都会好的——这个故事给了我这一信念。我的成绩也一点一点地好起来。到三年级的时候，我已经拥有了一个好朋友。那个女孩很文静，人也很乖。如果说，每个人的心里都住着一个小动物，我的肯定是刺猬，而她，就是一只温顺的小白兔。人人都喜欢她。她是我唯一的朋友，而我只是她朋友中的一个。但是无论如何，我都有一个朋友了，不是吗？

我还有一个笔友，是一个大学生姐姐。她每周都会给我写信，信不长，都是她问我的情况，然后简单说一说在学校里的生活，最后都不会忘了对我表示感谢。后来，我才知道，她是我爸爸以我的名义资助的女孩。

她的每一封信，我都会回。我字写得很慢，有时会回到很晚。我会把一些我不会对别人讲的话，都写给她。她也会很快回信过来。我给她说《小公主》，她也就买来看。有一次，她写信过来说：只要有一颗向往高贵的心，无论贫贱，都是美丽的公主。

我不知道她长什么样子。她从来没有给我寄过照片，我也从来没有要求过。

对我那个好朋友，因为得来不易，我非常珍惜。若我有什么东西，我宁可自己不要，也要送给她。她就笑着接受，理所当然的样子。

有一次，我们去郊游。我东西忘带了，就跑回去拿。等我回来时，正好听见一群人在议论我。

"她现在已经好了很多了，刚来的时候好土气。"

"说话还带口音。有一次老师让她去给音乐老师传个话，让音乐老师把鼓带到教室里。你猜，最后怎么着？音乐老师带来了什么？"那个女孩已经笑得前俯后仰了，"音乐老师带来了老鼠，画里的老鼠！"

我在后面跟着，听着她们说我的故事，就好像听别人的笑话一样。我没笑，没哭，很平静地跟着。我的那个好朋友沉默了一会儿，也加入了话题："她脾气是有些怪。我本来不想和她做朋友的。但是她爸爸跟我爸爸是同事，她爸爸跟我爸爸说，想让我多帮帮她。"然后一摊手，一副无可奈何的表情。

此刻，我才觉得这是我的笑话。不是别人的。鼻子一酸，就逃走了。从此，我都远远地躲着她。这样靠怜悯得来的朋友，我不要！

我在成都真正拥有的第一个朋友，不是在学校，而是在"半打船吧"认识的。那时，爸爸突然认识了几个志同道合的好友。那时，他们下班后天天厮混在一起，一起读书，激扬文字，谈论教育。那是爸爸的黄金岁月。他觉得自己不再是孤单的了。爸爸是从那个时候开始在教育类的专刊上发表文章，开始慢慢出书，有了名气的。

有时，爸爸会带上我。有一个怪叔叔，光头，络腮胡爬了一脸，杂草似的没有修剪，是一个高中老师。爸爸很喜欢他，说他很有勇气，把教室变成了电影院。我当时在想，教室是怎么变成电影院的？说家长们刚开始都担心学生成绩，都高中了，不应该头悬梁锥刺股夜夜寒窗吗？他倒好，带着孩子们玩音乐，用吉他唱古诗，天天带孩子们看电影，不务正业写影评。

　　他有个女儿，比我小半岁。她也经常过来，我们俩就在一起玩。我写了一首歌，她就自己瞎编了曲调哼出来：

　　　　玫瑰就是玫瑰，
　　　　玫瑰带着刺儿。
　　　　我喜欢带刺的，
　　　　只能远远地看
　　　　却不能摘。
　　　　玫瑰永远是玫瑰。

　　她也会弹吉他，我真羡慕她。她会画画，画出来的画色彩很丰富。她会用一个上午去画草地。她先是淡淡地涂上一层浅绿，然后从底部开始用不同颜色的绿涂了一层又一层。我很佩服她的耐性。她涂色的时候，格外安静，身体也是一动不动的，你跟她说话，她也不理，长长的睫毛就像合欢树的叶子一样一开一合。然后，她的画上就出现了不同的层次。灰绿、枯绿、油绿、黄绿……

她是不需要我去讨好的。在她那里，我是我自己，她是她自己，我们都是自个儿的。我们会一起玩，也会吵架，也会争风吃醋，但是我们不需要别人哄，很快就好了。

我妈妈和她妈妈也成了朋友，我们两家人常常在一起。我爸爸和她爸爸读哲学，我妈妈和她妈妈聊学生、买衣服逛街，我和她一起疯玩。这时，我才觉得成都不再陌生了，我在这里生了根。

可是，半年以后，爸爸又告诉我："完美，我们要离开成都了。"我又被连根拔起了，移栽到了苏州。

我不是小乞丐，不需要赞赏

3人赞赏

食物就是我的创可贴

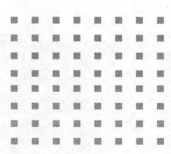

〈 微信(3)　　完美的妈妈

妈，他还好吗？

这两天暖和了，咳嗽好了很多。不像前几天那样了。

他就是在内蒙古折腾的。

不仅那几年。转眼离开家都快十年了。这几年我们都换了四五个地方了。这么说来，还是在内蒙古待得久些。你怀念那时的时光吗？

我没有你在那里待的时间长。但是一到冬天，我就怀念那里的雪。

是啊。从10月底，就是银装素裹了。零下二十九度，冬天的军台是更有生机的，枯草荒漠都被遮住了，枯黄色变成了银白。

再煮上一锅白菜炖土豆。一群人就围着这口锅，吃得不亦乐乎。

那时候很难吃到肉。经常停水、停电。我和你爸每天还要轮流回去用水桶接水，要不然回家连做饭的水都没有了。

 有一次，你让我回去接水。我忘记关水龙头了，结果成了水漫金山。

 可不是吗？咱们楼下的晓玲阿姨一回来，发现她家都可以游泳了。

 那时，生活太苦了。你又太累。我常常想，你有没有恨过爸爸？

 我是埋怨过他的。我是没有什么大理想的人，我本来只想守住我们的家，一家三口过日子。有一个不大不小的房子，有一群不多不少的朋友，教自己喜欢的书，写自己喜欢的童话。但是这个梦想，从我们离开陕西老家的那天就打破了。我们搬了好几个地方，每当我觉得熟悉了，喜欢上这个地方后，我们又要搬了。

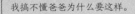 我搞不懂爸爸为什么要这样。

 我以前也不懂。但是我们是一家人，所以无论在哪儿，我们都要患难与共。

他是最自私的人。

 他是一个理想主义者。我们都容易满足现状，他却要寻找更好的。他是一个教育的吉卜赛人。

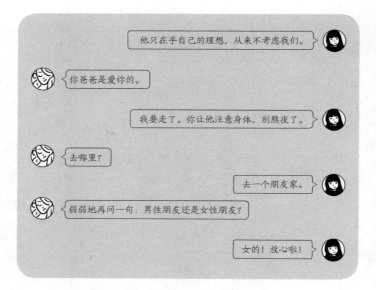

To 拭目以待的日落先生：

　　真遗憾，让您失望了。我早上起来后，精神格外好，感冒症状消失得一干二净。

　　文利租住在离学校不远的地方，她房东人很好，个子不大，背稍驼，但是精神很好，穿着酒红色的格子裙，外面罩着一件黑色的半大罩衫，化着精致的淡妆。我一敲门，她就把我迎了进去。

　　文利住在二楼。她今天也化了妆，涂了粉色的口红，配上黑色的皮肤，不是很好看。她应该涂红色的口红。英国连初中生都化妆的。我是来得最早的，以为大家都会早一点儿过来帮忙，结果一个人也没有。

文利让我坐下，说我可以随便参观，自己便开始张罗了。我平时不怎么进厨房。虽然出国前，我曾信誓旦旦地给妈妈说，我去英国第一件事就是学会做饭。我现在已经会做两样菜了，一个是下面条，另一个是下速冻饺子。一天换一样，也并不觉得烦。

吃饭是无所谓的，没有必要花那么多的时间嘛。

可文利就是一个美食达人。她边哼着歌边煮菜，整个人都很享受。她的厨房里，有各种各样的餐具，有些我见都没见过。她兀自向我介绍，就好像我们俩已经很熟了似的。我总共跟她没说过十句话。

"我爸是开港式茶餐厅的，我从小就跟他学做饭。我爸做饭是给别人吃的，我做饭是给自己吃的。"她把丸子倒进锅里，丸子在油锅里发出吱啦吱啦的声音，"我是九岁的时候，被爸爸接到香港的。那时候没有玩伴，好像怎么也融不进去，爸爸就给了我一套餐具，我就天天在家里琢磨。做出好吃的，爸爸也不经常回来，我就自己摆了一桌的洋娃娃，把饭菜摆在中间，我们一起吃，一起跳。"她莞尔一笑，并不觉得伤感，反而觉得好玩似的，"我就骗爸爸说，我今天开了派对，请了很多朋友，其实只有我和我的洋娃娃们。

"我们经常开派对，我们一起唱歌、跳舞，把家里弄得沸反盈天。最后，食物嘛，食物都到了我的嘴里。我就变得更胖了，胖了之后到班里都被人家笑。"

"你不难过吗？"我见她仍是笑着，好像在说别人的故事似的。

她把丸子捞了出来，香味妖娆而去，一直钻到楼下。她用筷子夹了一个丸子，塞到嘴巴里嚼起来，脸上现出满足的神情。

"食物就是我的创可贴。"她说着，起身去照看汤锅，身上的肉一波三折，"我倒是想过减肥，也试过。刚上初中那会儿，我开始注意自己的形象。于是每一顿强迫自己少吃，白天头都是晕的。好不容易挨到了晚上，睡着睡着就会下床在冰箱里找吃的。三下五除二吃光，就心满意足地躺下去睡。第二天想起来又后悔死，强迫自己不吃，还要跑步，但每每到晚上，都功亏一篑。

"食物让我快乐！"她娴熟地将菜倒入锅里，翻炒起来，"我还以为你不会来呢。"

"我……我……怎么会不来呢？"我支吾着，尽量用平静的肯定的语气说道，"你邀请我，我很开心。"

她大笑起来，声音很响，很像母鸡刚下完蛋时的张扬满足的叫声。这时，其他人也来了。我大都见过，格斗社的、我们班的，都是些留学生。

文利麻利地忙碌着，摆了一大桌。有很多港式菜，特别是中间的云吞面很快就被消灭了。

大家都赞叹她的厨艺。她把大家的表扬照单全收，全部记在脸上。她喝了点儿葡萄酒，脸有些泛红，整个人显得很兴奋。

我也吃得很多，胃舒服了，整个人也放松下来。放心，我今天一个人也没扎到。我还发现我有好几个老乡，谁让我这几年走南闯北，四海为家呢。有一个女孩，皮肤很好，人很小巧，看起来很精致，是成都的。她也曾常到"半打船吧"玩。我跟她说了很多成都的事情，说不定她就是那个怪叔叔的女儿呢，我们的友谊中断了之后，来到了这里重续前缘。

　　另一个男孩是我们格斗社的，就是我的那个搭档凯文（如果你忘了，就翻看以前的邮件）。他说，今天第一次见到我笑，原来我也挺随和的。

　　我脸上笑着，心里却想，一个大男生还怕一个女生，说出这样的话不嫌害臊。但是看在他说我笑起来挺好看的分上，我忍在了心里，没说出来。看，我其实是挺识大体的。

　　吃完饭，我们还跳了舞。文利把家具一挪，客厅就空了出来。放几首歌，我们就跳了起来。我从来没有跳过舞，但凯文一直请我跳，他说他会教我。好吧，我就直接承认了吧，我跳得不好，一点儿也不好，总是踩错节拍，还有一次旋转过了头，打翻了一个盘子。我本来就不擅长跳舞。不过，他还是陪着我跳完了。

　　我们玩到了很晚，弄得杯盘狼藉。我要留下来帮文利收拾，但是她拒绝了。她说她喜欢收拾。于是我们几个人拍拍屁股就走了。

　　这就是我的一天。是不是没有让你看到笑话，挺失望的？不过你猜，临分手时，我说了什么？我说，过两天到我家来吃饭。我只是客气话，你懂的。可是，凯文很认真地歪着脑袋："过两天是哪一天？"我骑虎难下，只好说道："后天。"他很满意，觉得自己的衣食又有了着落似的，可似乎又有点不放心，又确认道："后天？你会做饭的，对不对？"

后悔莫及的刺猬小姐

又：你为什么都不给我讲讲你的事情？

又及：我写东西都写在简书里的。你搜"刺猬女的小窝"就可以读了。

To 刺猬小姐：

你真是让我大吃一惊呢！你居然很会礼尚往来，知道回请啊，这样你们的关系就会更密切了。恭喜你，刺猬小姐，看来你在英国也要有朋友喽。只是我也很好奇，两天后的那顿饭，不知道你是否已经有良策了？

谢谢你告诉我你的秘密花园。我已经一口气读了好几篇了，文章写得不错，丫头。没想到你那么小年纪，已经经历过这么多事情了，你的文字重新唤回了我的童年记忆，让我想起那些挣扎着成长的岁月。

我在想，你的孤独，对你来说是一份礼物。就像你可以出入于聚会，寻找欢乐，驱散孤独，但是你是冷静的孤独，你清楚地知道，文利在讨好你们，她想要用胃拴住你们，让你们经常过来。

你也清楚地知道，等你回来后，你还是孤独的。食物是文利治愈孤独的药，而文字就是你的药。

我也说不出哪个好，哪个坏，只是每个人的不同选择而已。

我是一个中师生。在你这个年龄的时候，我在为未来的职业做准备。我是一个很自卑的人，内心极度自卑，同时又有着水仙花情结——极度地自恋。希腊神话中，有一个故事：纳西索斯漫步到了一处小溪，竟然无意当中看见了自己的倒影——那是怎样一个绝美的男子！纳西索斯深深为自己的美貌陶醉，并深深爱上了自己水中的倒影。他用手去抓，水泛出波纹，破坏了自己的影像，他很气恼。又用手去抓，还是没有抓到。最后他几近疯狂，为了和水中美丽无比的自己待在一起，竟决然扑向水中，溺水而死。

在我的内心，我觉得我是崇高的，人性也应该是崇高的。所以我想跟人在一起，又想逃离人群。而这，让我成为一个孤独的人。我成绩很好，所以我被贴上了一个"清高"的标签。而我知道，我的内心是恐慌的，我害怕逃离人群，但是我又走不进人群。

而在校园里，最残酷的事，不是考试倒数第一，而是被孤立。无论多么心高气傲，被孤立的危险，或者说孤独的恐惧，总会迫使少年人或青年人做出许多自己不愿意做的事。讨好、屈从、成为某个团体的一员、助纣为虐……许多让成年人吃惊的校园事件背后，都有着这样的心理基础。在西方神话故事中，英雄的青春期，孤独总是重要的一课。赫拉克勒斯在18岁遇到两位女神做出抉择之前，就在旷野孤独地牧羊。

我16岁时——跟你现在一样大的年纪吧，我就已经走上了讲台。那是在一个村小，我就像其他老师一样去教书。我没有想过我教的对不对，也没有想过"教育"这两个字意味着什么。教书一直不是我的梦想。说实话，我不知道自己的梦想是什么。

我跟别的一起分配下来的老师一起打牌，后来学会了喝酒，也不得不跟他们一起加入了派系的斗争。说也奇怪吧，小小的十几个人的学校，就分成了三派。新来者，总是要选择站队。不站队是很危险的，那意味着你如旷野中的一株孤草，一阵风一阵雨便摧折了。

直到有一天，我生了一场大病，全身出了疹子，胃部也过敏，几乎就要死掉了。我孤独地躺在床上，回想着我的一生。哈哈，才十几岁，也是一生。想想，也是没意思极了。世界是多么荒唐，在一个小学校争来争去有什么意思。

晚上很晚了，我的学生们来了。他们都是农村里质朴的孩子，走了十几里夜路，结伴来看我，还给我带了一篮子鸡蛋。我过敏，鸡蛋是不能碰的，但他们执意要留下来。我知道，这一篮子鸡蛋也是他们凑的，是他们逢年过节或者生病时才能吃上的。然后他们结伴离开了，又是十几里的夜路。

他们走之后，就开始下雨。我躺在病床上听雨，冷雨，冷冷的雨。我在想，我到底做了什么，让他们走那么远的夜路过来看我？

他们是过来拯救我的。世界在我眼里，不再荒唐。或者说，世界兀自荒唐，我自生命飞扬。我要让和我遇到的每一个孩子，因为遇到我而不一样。我开始在那个小小的村小折腾，还给他们报名了市里的演讲比赛。要知道，这是一批连普通话都说不完整的孩子啊。他们世界的边就是村东头的那条永远流不尽的河。大家都嘲笑我，连校长也极生我的气，在学校里，几乎没有老师再找我打牌、凑份子吃饭。

我陷入了前所未有的孤独，但我的心却是丰盈的，因为我找到了我生命的意义和动力。我开始把空余时间都放在读书上。那时中国才刚刚引入一些国外的童书，我把我的工资都拿出来买书了。每次上完课，我都要问他们，哪里听得懂，哪里听不懂，我就会反复琢磨下节课的流程。其他老师就笑我："又没有人来听公开课，你准备这么用心给谁听的呢？"

这话真奇怪啊，难道老师备课是给别的老师听的，却不是给学生听的？后来我才知道，公开课上得好，是可以晋级的。大多数老师们绞尽脑汁，反复试课，甚至梦里都在背课，这样才能上好一节公开课。但是平常那些学生听的课，拎起课本就去上了。

这不对哎，这不是本末倒置吗？

我不断地学习，有时候为了听一个讲座，我会坐一个晚上的火车。就这样，一个学期下来，我把我们班的孩子带到了市里参加演讲比赛，还获得了第二名。这是到现在为止，那个村小获得的最高荣誉，奖牌至今还放在校长办公室最显眼的位置。

读了你的文字，就心有戚戚，说了这么多。如果你还想听我的故事，我以后还讲给你听。今天写太多了，最近身体不太好。摘一首我今天读的诗分享给你。

秋日[1]

里尔克

主呵，是时候了。夏天盛极一时。

把你的阴影置于日晷上，

让风吹过牧场。

让枝头最后的果实饱满；

再给两天南方的好天气，

催它们成熟，把最后的甘甜压进浓酒。

谁此时没有房子，就不必建造，

谁此时孤独，就永远孤独，

就醒来，读书，写长长的信，

在林荫路上不停地，

徘徊，落叶纷飞。

你的日落先生

1　《秋日》是奥地利诗人赖内·马利亚·里尔克的作品，此处选用北岛所译版本。

——编者注

夜半醒来

　　每个人都是一个孤独的星球。夜渐深，我又睡不着，索性就起来，写长长的信。

　　不知道为什么，读着他的文字，竟然想起爸爸。我很想他，此刻，我怀念他的声音，他的大肚子，佯装愤怒骂我时的表情。我给他发过去一条微信，然后又忍不住撤回了。他也就没有回。

　　说实话，我一直没有弄清楚他离开成都的原因。我问过妈妈，妈妈说，爸爸和那些人是"志同"，但"道不合"。他们都对教育怀着"天命"般的使命。但一个选择批判，一个选择建设。我不能明白。

　　爸爸去苏州，是去找另外一个"精神领袖"的。他们一起成立了一个研究中心。爸爸离开了教室，创办了一个论坛。他每天的工作就是读书，给教师推荐专业的书，一起研讨。爸爸好像重新找回了激情。他的神情越来越自在而笃定。

而我，又进入了一个新的城市，新的环境。我又没有一个朋友了。不过，我并不寂寞。研究中心有三个老人（他们自称的），号称"铁三角"。他们是极无趣的，每天就知道读书、讨论。但年轻的几个都很好。有一个哥哥，眼睛很细，嘴唇很厚，一闭上眼睛就只记得他的厚嘴唇。他是爸爸的徒弟，在爸爸面前很是恭敬。但爸爸不在时，他也会哼哼歌，不过都不是流行歌，而是重金属。还有一个从贵州山区来的校长，矮矮胖胖的，一点儿也没校长的架子，天天叫我"小师妹"，给我讲很多山区里的故事，说那些娃娃们每天上学都要爬山爬一个小时嘞，中午只能围着炉火吃点冷的白米饭。我没有见过那些孩子，但是爸爸去过那里，还在那里待了两三个月。我那个校长"师兄"就是听了爸爸的讲座自己跟了过来的。

他人很好，话很多，我最喜欢跟他待在一起。他教我数学，从来都不是做题目，而是让我觉得我在解决一个问题。因为他，我爱上了数学，天天一放学就吵着让他给我补课。我觉得他比我爸爸厉害多了，我不明白他为什么放着好好的校长不当非要跟着我爸爸。

我喜欢听他讲以前的故事。他是以全镇第一名的成绩考上中师的。之所以考中师，也是父母安排的，因为出来就是铁饭碗，国家安排工作，稳定。他的父母是农村人，能看到最远的事情，就是孩子出来分配在镇上当个老师，一辈子不用愁工作。他也从来没想过自己想干什么，只能把别人的期望当成自己的方向。

等到要分配工作了，校长问他要教什么，他说随便。他也从来没有想过教什么。学校当时没有什么空缺，他就被分配到厨房里，每天去买菜，他觉得也挺好。工作没两年，他家人就给他说了媒，是他村里的，骨架粗大，很能干农活，人安静，一天没有一句话。他不喜欢她，但是还是答应了家人。虽然结了婚，但是他却不想回家了，天天就在外面赌，欠了很多债。就这样在学校熬，熬着熬着也就过去了。后来城乡合并，村里的学校就不剩几个人了，有很多老师也辞职去广州了。最后，学校就剩下了十几个学生，他的班里就剩下两个孩子。一个老师，两个孩子。他一直没走，也没有别的原因，就是觉得自己是农村里出来的，如果大家都走了，这些农村娃谁来教？

他以为日子就这样过下去了，直到遇到了我爸爸。听了爸爸的讲座后，他追过去，俩人聊了好久。他们都是一代的中师生，身上有着那个时代的印记。他们被时代束缚住了，但时代又给了他们自由。

"之前，我还从来没有问过，我到底想要什么？我到底为什么要教书？"他苦笑着，点起一根烟。

"那你到底想要什么？"我问他。

他吸了一口烟，烟雾顿时缭绕起来。"自由。"他并不看我，仿佛自言自语似的，"以前我也想要自由，但我又惧怕。我惧怕被别人看成另类，我惧怕跟别人不一样，我惧怕让别人的期望落空。我一直害怕成为我自己。"

"那现在呢？"当时我听不太懂，但是我能模模糊糊感觉到那种被孤立的恐惧。

"我不知道，我只知道我该醒了。我不能这样浑浑噩噩地过日子。人活着，总得找寻生命的意义。"看我不太懂，他又解释道，"就是人总得相信什么，追求什么，否则就是白白活过了。就是克尔凯郭尔所说的，要找到你为之生为之死的事情。"

为之生为之死的事情，好大的口气啊。那一段时间，他们在读什么"果儿"的书，我也听过爸爸他们说过这句话。我觉得这句话很空，很大，就像口号似的，所以我笑了——我爸爸他们就是专门找一些口号糊弄人的，这个人就是被我爸爸忽悠的一个人。

见我笑了，他也笑了，好像才想起来我是一个孩子似的："那句话说得吓人，是吧？你这两天在跟妈妈读《史记》对吧？"

"我都能背下来了！"妈妈每天晚上睡觉前都会给我读一段。我很喜欢里面的故事，最喜欢的是里面的游侠们，都要让妈妈读上好几遍。虽然一开始听不懂，但是妈妈绝对不像老师那样一个字一个字翻译，她会大概给我解释，然后反复读给我听，慢慢我就听懂了。

"史记是谁写的？"

"司马迁啊。"我干脆地答道。

"司马迁生下来就要写《史记》的。他没出生前，他的爸爸就一直想写《史记》，他从小也就想写。但是因为李陵的事情，他受了宫刑，身心都遭到了巨大的摧残，在牢里，他愈加明白了一件事，那就是他生来就是要写《史记》的，无论怎样，他都要完成。这就是他为之生为之死的事情。这也就是孔子所说的'天命'。"看我听得入神，他有些不好意思，又谦虚地说，"这就是我跟你爸爸读书的结果。"

一听到我爸爸，我有些得意，又有些不以为然。在我眼里，爸爸总是说一些"大话"。他几乎不怎么教我，但只要教一次，就要把过程书写出来。搞得网上那些老师都惊呼：真是个好爸爸。其实，都是妈妈在教我。

每当别人夸我爸爸时，我总为妈妈感到愤愤不平。在我眼里，妈妈从来不说这些生生死死的大话，但是妈妈教书认真，她的学生都喜欢她。她把空余时间都用在我的身上。她沉默隐忍地承担起这个家。而爸爸，却在外面得到掌声。这不公平！

况且我喜欢游侠，喜欢悠游自得，想做什么就做什么，为什么要把一切事情说得那么悲壮呢！搞不懂！

我就鼓足了腮帮子，大声说道："你别跟我爸爸学，就知道说大话。好了，现在说说，你为什么要教书？"

"因为教书是我热爱的事情啊。"

"热爱为什么还混日子？"

"那是我以前不知道啊。"他的烟终于吸完了，他把烟头往地上一按，用脚一踩，烟灭了。他摸摸我的头说："小师妹，所以啊（完美批注：这个语气就有点我爸爸的味道了），将来你一定要找到自己热爱的事情。这样，你就是最幸福的。"

"得了得了，你又要装成他那样教训我了。"我朝他做鬼脸，而他竟不生气。我的脾气被我这两个"师兄"惯得越来越无法无天了。他又畅想起未来了——等他学到足够的本领，就再回到他的乡村去，他要办一所好的乡村学校。

"折腾了一圈还要回去？"

"是啊，还要回去。"

我不是小乞丐，不需要赞赏

1人赞赏

是谁来自山川湖海，
却围于厨房与爱

请问，"完美"的妈妈在吗？

 刚在煲电话粥呢。

跟谁呢？

还能有谁？你婆啊，她最近老想我。出来这么多年，都没怎么回去过。她老了，都八十多岁了，说也活不了几年了，今年格外想我。

都说些啥呢？一说就是一个小时，我的电话你都没听到。

 也没啥，人老了，就唠唠叨叨的。每次打电话，她都说这些。她今天说的，上一次都说过了。不过，我没有拆穿她，装作第一次听。看，我才是"完美"的女儿呢。

好，你才应该叫"完美"。

 等我老了，你也对我这么有耐心就好了。

我才没有你这样的好脾气。

 出来这么多年了，我的确应该回去看看。做父母的，才不管什么自由不自由，理想不理想的，他们只希望儿女健健康康的，能够在自己身边。

你也是在说我吧，你根本不想让我出来。

 我是不想。你才16岁，谁放心你一个人出去啊？生病了怎么办？遇到坏人了怎么办？哪个妈妈能放心啊。我就希望，你能够留下来，留在我身边。

 ……

 但是，我知道，我留不住你。鸟儿长大了是要飞的。每个人都有自己要做的事。我妈妈不也没留住我吗？

 我爸怎么样？

 不告诉你，你为什么自己不去问他？

 懒得问。

 有多大的仇啊，都几个月了，还放不下。

好啦好啦！以后我谁都不问了，连你也不问了！真讨厌！

 暴脾气又上来了，你看！跟你爸一个样儿！

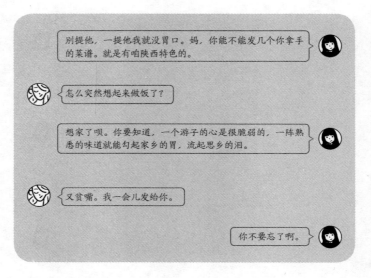

To 坦诚的日落先生：

　　没想到你也是中师生哎。我爸爸也是。听你说话的语气，特像我爸。如果你们俩见面，估计可以促膝长谈了。

　　我想，我这几天大抵还是有些感冒，做出来的饭菜自然沾染上了病菌，对客人是不敬的，这就不好了。于是，我将宴请的时间推迟了三天。

　　　　　是谁来自山川湖海，却围于昼夜，厨房与爱。

　　厨房大抵是我最不愿意待的地方。我相信美食的力量，可是却不愿意把力量花在做美食上。难过时，我也会去街头巷尾寻找美食，尤其是甜点，对我来说，那拥有无可抵挡的魔力。

　　我想走遍山川湖海，尝遍美食，但是厨房，No！我很难想象，拥有一间厨房，天不亮就要起来，操持一天的吃食，一天都围着厨房转，这样的生活真是可怕。

　　可是，这几天放学后，我就一头扎进超市与厨房。天知道，那天说出请他们来吃饭的，肯定不是我的本体，说不定是被哪个妖精附体了。

　　我跑遍了附近所有的大大小小的超市（另，超市是我第二讨厌的地方，到处都摆着商品，挤满你的眼球，招揽着你的每一根神经）。每一种食材我都买来试一试。我最喜欢清晨去，那些绿油油的青菜上还沾着露水，萝卜挺着嫩生生的胖肚子，一切都是活泼泼的，沾染着俗世的烟火与欢欣。来买菜的大都是中年女人，要么极度讲究衣着，买菜都化着精致的妆容，踩着高跟鞋，要么就极度不讲究衣着，放任着自己邋遢的便服和任意的面容。但她们大都挑挑拣拣，购物篮里承载着一家人的衣食。

　　二三十年后，我会变成她们那样吗？会有一个家等着我吗？我想有一个家，但又不敢想象，囿于厨房，山川湖海的梦想里沾满油烟。说实话，我总是埋怨我爸爸，带着我们四处流浪。但是若真要一直生活在一个地方，永远只跟几个人建立联系，又会是怎样？把一切都投注在几个人身上，万一彼此受伤了，逃无可逃。还不如淡淡的，不远不近，若情况不妙，还可及时抽身。

　　哎呀，原谅我跑马了，还是说厨房吧。我最近搬了新宿舍，有了一个麻雀虽小，五脏俱全的厨房。这些厨具，对我而言，是陌生的。我发现，我是一个聪明的人。怎么说呢？我从来没有做过饭，但是我仍然可以把萝卜切成薄片，把豆腐剁成了碎末，也居然把一锅排骨汤煮熟了。

　　我的搭档凯文，现在经常给我补课，人家对我那么好，最适合第一次拿来开刀的啊。当我兴冲冲地把汤端到他面前时，他看着好一会儿，我猜，他肯定是很感动，肯定是的，嗯。他等了足足一分钟，才收住自己的情绪，刚尝了一口，就跑去找盐。可是我明明撒了盐进去的啊。

　　我又端上我的第二盘菜，红烧猪蹄。许是酱油有问题吧，猪蹄稍稍显出了青绿色，也有可能是猪死时，不甘心吧。

　　"快尝尝，我从你的朋友圈看到过的，这是你最喜欢吃的一道菜。"

　　他眉头微蹙，不忍心似的说："是吗？我不喜欢吃这道菜。你肯定是看错了。"

　　是我花眼了吧，肯定是这样的。

　　吃饭期间，他一直咳嗽，吃得也不多。我想，他一定是感冒了，一定是。嗯，肯定是这样的。

　　不过，我天资聪颖，什么东西，只要想学，肯定难不倒我。第二天，我又请他。虽然他很忙，但是盛情难却，他还是来了。

　　这一次，我做的是我们陕西的油泼面。关于油辣子，我试了七八次，终于做成功了，他居然吃了一大碗。说也奇怪，他也不怎么咳嗽了，大抵油辣子还有治疗感冒的作用吧。嗯，肯定是这样的。

　　可是我丝毫不敢懈怠，下午继续苦练，终于把猪蹄做成糖红色了。

好吧，实话告诉你，你可不许笑我。其实上封信中，我并没有全部说实话。文利的聚会上，我还遇到了他（我可以想象得到，你读到这里肯定在笑我）。他是谁？就实话告诉你吧，我只告诉过我大师兄，别人都不知道。他是我初中时的一个学长，大我两级。我读初一的时候，他已经读，让我算算，已经初三了吧。那时，我常常放完学，会悄悄跟踪他到地铁站。我非常喜欢他，而且，我来这里读书，一个原因就是，就是他也在这里。

我说了，不许笑！你听到了没有！

只是，在他那里，我总觉得自己像一个傻瓜似的。虽然我已经很聪明了，但是他，他，他就是我写在云彩里的诗。

好吧，总之，我一定不能搞砸，对吧？祝福我吧。伊尹、彭祖、易牙、詹王……从古到今世界各地的厨神们啊，求你让我灵光一现，拥有一双能拴住别人胃的手吧。我愿意拿我的歌声、我的笔交换。

立志成为厨神的刺猬小姐

又：但使主人能醉客，不知何处是他乡。

又及：希望有一天您能亲口吃到我亲手做的饭菜。

又又及：不管什么病，我保管饭到病除！

To 即将成为厨神的刺猬小姐：

想象着你穿着围裙的样子，我就觉得好笑（日落先生批注：此笑非彼笑也）。总是要去尝试一些新的东西，这样你才能找到自己最喜欢的东西。

旅人叩过每个陌生人的门，才找到自己的家。人只有在外面四处漂泊，才能到达内心最深的殿堂。

我年轻时（日落先生批注：请自行脑补我年轻时的模样，请注意，我也曾经长着满脸的胶原蛋白），曾经有一度很喜欢摇滚，扎了个小辫，跟着一群人在学校旁租了一间房，还搞了个乐队，天天扯着嗓子叫。当时想，人生最大的梦想就是一把吉他，走天涯。还留了长发，以为这样就是"披头士"了。我当时极喜欢崔健的歌，其中有几句歌词是这样唱的：

> 我要从南走到北，
>
> 还要从白走到黑。
>
> 我要人们都看到我，
>
> 但不知道我是谁。

　　这是当时我最喜欢的状态，一无所待，只有行走。很长一段时间，我都觉得这会是我的人生写照。但后来，我又归于诗。我喜欢读泰戈尔的诗，内心的那种撕扯我的力量，在行走漂泊过后，变得澄澈宁静。它仍在，寻找仍在。

　　年轻时，喜欢什么就去追吧。年轻，就是要多走些弯路。

　　我也很高兴，你有自己喜欢的男孩。我很好奇，那会是一个怎样的男孩呢？什么样的男孩才能俘获你的心呢？

　　我年轻时，就是我上初中时，我也喜欢一个女孩儿。那时，我成绩不错，每次都考第一名。不过她转来后，第一名的交椅就给她了。我暗暗不服气，堂堂大男子汉，怎么能输给一个女生呢？

　　我暗自较劲儿，可是我真的很懒，大部分时间还是花在了捉弄她上面。我故意从她面前走过，高傲着的，昂着头的，她与我说话，我总是鼻子一哼就算是回答了。

　　有一次，她刚打开文具盒，从里面就爬出几条胖乎乎的恶心吧啦的毛毛虫。还有一次，我甚至把一条蛇（假的蛇）放到了她的座位上。可是，她看到后没有像其他女生那样大喊大叫，而是很平静地把蛇放在了讲台上。她越是这样平静，我就越想和她较劲儿，表面对她也就更不屑。

　　但是有一天，她突然站在讲台上，说，她要退学了。仍然是很平静。她父母是政府机关的，她退学是去做电影院的售票员。我从来没有看过电影。但是我见过那些售票员——穿着蓝色的套装短裙和丝袜，脚蹬一双黑色布鞋，头发丸子似的绾在脑后。这就是那个时代的时尚，也是那个时代的地位，因为这就意味着捧上了铁饭碗。

　　我知道，也能理解，但是在我的内心里，仍然掀起了一阵波澜。失眠了两夜之后，我决定给她写信。

　　这是我写的第一封情书。是以团支书的名义，代表全班，请她慎重思考，为了党和国家的未来，重新回到学校，好好学习，争取为祖国做出更大的贡献。

信是偷偷寄的。寄出去后我就一直等着她回信。但是一直到我上了中师，也没有收到。

两年后，我也上了中师，理由也是铁饭碗，衣食有保证。这就是我们那一代的命运，个人的挣扎淹没在时代的洪流之下，最后挣脱的，只是少数。

后来我经历了真正的恋爱，那种精神上的相互吸引与支持。我在中师时就喜欢她。当时略懂事些，就不玩捉弄牌了，而是走感动路线。她画画很好，很安静，虽然个头长得很小，但是性格很坚韧。她家里不富裕（所以我比较放得开吧，日后反省的），但是性格她从来没有觉得矮别人半截，依然开朗、安静、泰然。后读《论语》中一句：衣敝缊袍，与衣狐貉者立，而不耻者，其由也与。就会想到她，衣着破烂仍然自带芳香，这就是我所缺乏的。

于是，我常常陪她散步。我们始终没有牵过手，但是每一次微笑，每一次傍晚的相遇，都是令人悸动的，都是会带到梦里的。

后来中师毕业后，我们分到了不同的学区，离得很远。我隔天就会去看一次她，骑车骑一个小时，天是蓝的，地是黄的，我是唱着歌儿的。

> 大雁听过我的歌
>
> 小河亲过我的脸
>
> 山丹丹花开花又落
>
> 一遍又一遍

骑一个小时，到她的校门口，望上一眼，也并不进去，然后再转身骑回苍茫的暮色里。

一次下雪，雪极大。我冒着雪，骑着车去见她。骑了两个小时，到她校门口时，天色渐微。她正好从教室里出来，看到浑身落满了雪的我，怔住了，请我进去喝了一杯热水，送我到村口。

回去时，月色如洗，大地安静。我转身，看到我们身后两串深深浅浅的脚印。脚印的一头，是我，另一头，是她。

后来，我们就恋爱了。尽管我们谁也没有说出口，但是我们的确恋爱了。结了婚，一起风风雨雨，一起流浪。我觉得最幸运的是，找到了一个精神上的伴侣，我们一起追求着梦想，虽然有过很多坎坷，但是我们一直在一起。

两个人，理解比爱更重要。

后来，我回乡时，因为要买一本书，就去了电影院旁的书店。电影院早已没落，周围都是琳琅满目的商铺。我进了一个挤在角落的小书摊。起身迎接我的，就是她，我初中时喜欢的那个女孩。

人到中年，她已经有些发福。化了妆，长长的鬈发，早已不是当年模样。我们都认出了彼此，闲聊了几句。最后，我买了一本书，她给我便宜了一毛钱。

回来时，我有些淡淡的伤感。那些记忆虽然早已模糊，但是始终是在心里的。我难过的，不是她只给我便宜了一毛钱，而是她变了，不是自己心中的模样了。青橄榄变成了油桃，清纯已经被世故取代。

　　　　　　　　　　　　　　也曾是少年的日落先生

　　又：你读到这些文字，肯定会笑吧。

刺猬女的小窝　　简书

简书 创作你的创作　　　　免费下载 >

　　我爱着，什么也不说，只看你在对面微笑；

　　我爱着，只要我心里知觉，不必知晓你心里对我的想法；

　　我珍惜我的秘密，也珍惜淡淡的忧伤，那不曾化作痛苦的忧伤。

我不是小乞丐，不需要赞赏

1人赞赏

车在颠簸，人在喧哗，

我突然想起你

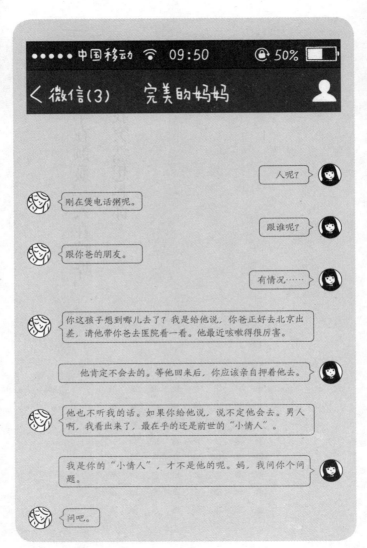

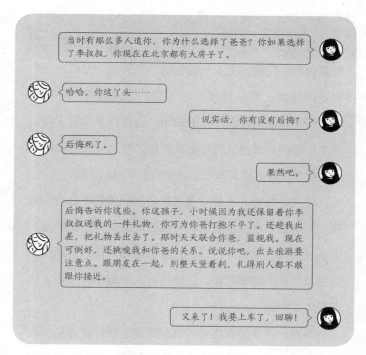

To 日落先生：

原谅我，有十几天没给你写邮件了。

我们在旅行。车在颠簸，人在喧哗，我突然想起你，想起你在大雪里，骑车去看她，却又不为见她。

我一直都远远地看着他，从来没有接近过他。我只知道他比我大两级。他是学校戏剧社团的学生会主席。

社团报名日那天，他在台上做宣讲。扎着两个小辫，穿着黑色的牛仔裤，上衣是随性的黑色夹克，夹克上一个艳丽的骷髅，有一种暗黑的气息。他说话有一种嘻哈的风格，喜欢用艳丽夸张的词语。这种浮夸是属于我们这个年龄的。而他又善于察言观色，时刻关注听众的反应，投其所好，这又似乎是超乎我们年龄的成熟。

他就是那种，不管在哪里都必然会成为中心的。而我，则是常常徘徊在边缘的。他的周围从来不缺朋友，也不缺女孩。他第一次见你，就会让你觉得他已经跟你很熟悉了。他嘘寒问暖，仿佛所有人都跟他有关系。他就是英文中的"social butterfly"。

虽然，他不是我喜欢的那种类型。但是我还是加入了戏剧社。而戏剧，完全不是我的长项，他有时候会过来教教我。他的态度很自然，我则冷冷的。剧本是他改编过的《哈姆雷特》，我不喜欢这个剧本，在我看来，最后皆大欢喜的结尾完全是对莎士比亚的亵渎。不过，我还是坚持演了，只是我演的奥菲莉亚从始至终都是一个调子，一个表情。

后来，他初三以后就出国了，我就退出了戏剧社，开始专心读书、写作。我会常常想起他，心里也会变得莫名的忧伤。风起了，我的心也会萧瑟起来。我记不清他的样子，他在我心里始终是模糊的。

但思念却是真实的。我会走到他曾经乘坐的地铁站，乘上他乘过的地铁，到了他住的小区，站在小花园里，向他住过的房间张望。七楼，看得见阳台，看不见人。

我只知道他在英国。但我没想到我能再见到他。他已经完全不记得我，但是仍然很近乎地跟我交谈，仿佛我是他的至交似的。他跟我们唠起学校的八卦，似乎都是他亲眼所见，描述得十分真切。他说话时，文利总是呼应着他，该笑时笑，该惊奇时惊奇，该叹息时叹息，该鄙夷时鄙夷，卡得严丝合缝，很跟拍。

于是，我也学会了这些，跟着一起笑，一起鄙夷，尽管心里觉得很无聊。但是闲话、八卦嘛，人多少是有些好奇心的。尽管心里是不屑的，但是听听倒也无妨。以前采集时代的部落先民们，正是靠着"闲话八卦"维持着一个部落的联系。

那天晚上，我应该是开心的吧。我苦练厨艺，修成正果后，我便邀请他们来吃饭。开了音乐，点了烛光。

玉绿色的盘子里，葡萄、西柚、苹果、草莓码成了曼陀罗的形状，还买了各色点心。高脚杯里斟了葡萄酒，在烛光下空盈盈的。猪脚汤在锅里炖着。已经做好的油泼面的香味裹着辣味在房间里漫游着。浪漫的氛围，烟火气的吃食。我笑着，心里忐忑着，盼望他们来，又怕他们扰了这宁静。

他们还是来了，吃得很开心。他尤其开心，对我说了很多赞美的话。文利笑着，话也格外多。结束时，大家一哄而散，屋子里空了。有人敲门，却是凯文："怕你一个人收拾不了，我来帮你。"

以后，他们便常来。我们还建了一个群，天天交流今天吃什么。为了不让我有经济负担，他还建议大家凑钱，我不用出钱，只负责做。我们就这样自在快意了很久。

我买了食谱，也经常看一些美食节目，记下笔记，跟着尝试，有时也会自己乱搭一些菜，有失败的，也有做得好的。失败的，我就自己吃下；好的，就留给他们吃。虽然我很嫌弃爸爸打包的习惯，但是这么多年耳濡目染，我还是把剩菜全部留下，第二天自己吃。

每天都有不同的菜，他们也不会吃腻。文利说这样我太累了，于是我们两处轮换着来。她做过的，我绝对不做，我买过的食材，她也不会买。只是凯文来得越来越少了。神情中常有些落寞，问他也不答。

吃完了，我们会看个电影，或者跳舞、唱歌。然后收拾完倒头就睡。周末，就相约去旅游。

旅途中，大家嘻嘻哈哈，说个没完没了。我也加入其中，可说着说着就不知道说什么了，于是像挤牙膏似的想着句子。对话就是这样，要一句、一茬地搭话，搭着搭着，线就断了，就要重新起个线头，再来新的一轮。这是一个游戏，他们就像猫滚线团似的乐此不疲。

聊着聊着，大家都有些意兴阑珊了。文利便去餐车买东西。文利刚一离开，他突然就大笑起来："体重都超过一辆越野车了。"这就像一个新的线头，其他人就重新聚起谈兴，一起说起文利来。大家纷纷分享着各自关于文利的八卦，就像各自分享着食材，把这锅八卦粥煮得更浓些。也许是为了使这锅粥更加馥郁，甚至抖出了包袱，他绘声绘色地描述文利向他表白的场景。在他的言语里，文利像棕熊一般的笨拙可笑。大家兴致勃勃地听着，也及时合拍地附和。他又拿出了文利和他的聊天记录，还传给大家看。大家兴致勃勃地点着，似乎在看一个女人的裸体。

　　甚至连我也是。虽然我心里同情着文利，可是我居然附和了。我想起二年级的那次郊游，我回去拿东西，回来时正好听到同学在议论我，这些都无所谓，但是我的好朋友，居然也在附和她们。

　　而现在，我居然也在附和他们，说着我的朋友。

　　　　　　　　　　　　　　　　　面目可憎的刺猬小姐

　　又：我在旅途中，不能及时给你回复。

　　又及：不过我会找间隙，再写给你的。

　　又又及：昨天我看到了原野中的日落，可以称得上宏伟。

To 刺猬小姐：

　　谢谢你在旅途中，仍然写信给我。我这两天咳得又凶了。入冬了，咳嗽更凶了。但有朋友从山区寄来了他妈妈手工制的枇杷膏，有些效果。在冬天里，更需要一些微光互相照亮，然后各自走各自的路。

　　人需要不断地走入人群，与众生喧哗，再走回自己的内心。我很开心，你还小，但是却让我看到一个真实的灵魂。你总是在喧哗中返回孤独，在旅行中叩问自己的心门，这是一种反省的能力。在未来人生中，你会遇到形形色色的人和坎坷，但只要你不停地反省，你就能找到更为真实的自己。

　　我是一个讲故事的人，我就给你讲讲我父亲的故事吧。我的父亲是县城最好企业的销售科的科长，同学们都羡慕我，因为那时的销售不用出去推销，而是坐在办公室就有人过来买。

　　可是，我却看不起我的父亲。他虽说是科长，但是从来没有占过国家的一分便宜，我们家用的油要跟别人一样排队买。

　　父亲是从一个更好的企业"下放"过来的。"下放"的原因是，他经常跟局长提反对意见，有一次甚至拿杯子向局长砸去。所幸，"下放"后的厂长人很好，勤俭节约，每天早上天不亮就拿着扫帚把厂里来来回回都扫一遍。他会跟父亲争论，但他从来不认为父亲是故意找碴。

　　后来，厂长退休了，父亲本是下一任候选人之一，他的威望和人品是远胜于另外一个人的。但是在正式竞选前一天，有人散布谣言说，下一任厂长已经内定了是那个人。父亲是一个自尊心极强的人，所以他在当天晚上宣布退出。新任厂长经常会带着各色妆容艳丽、衣着入时的女人们去旅游，乘着飞机整天香港、三亚地飞。这个原本是当地数一数二的企业不得不宣布破产，被那个厂长正式以私人名义买下。

　　企业里的员工都下岗了。父亲也下岗了，每天只能去拉三轮车。但他写了很多投诉信，虽然全都石沉大海。我想，在他的心里，他是懊悔的，懊悔自己为了面子而没有战斗到最后一刻，没有承担起他的责任。

　　后来，我走出了青春期，也遇到很多事情，我慢慢理解了父亲，理解了他的"迂腐"。我做公益时，甚至连坐公交车，是因公事和私事的发票我都分得清清楚楚，吃饭我都找最便宜的吃，吃不完的就打包。这让我变得"另类"。在年轻时，成为"另类"是很痛苦的，我想你懂的。那时，我刚进县城的一所学校。会有家长给老师送一些礼物。礼物不贵，都是一些心意，有时候纯粹是表示感谢。我想写一封信推却，但是指导我的师父说，如果我推掉了，岂不是把别的老师都得罪了？家长会怎么想？学校的声誉怎么办？

他忧虑地看着我，他是一个好老师，已近退休，我是他最后一个徒弟，他不想我在学校被排斥。我终于在他的眼神下屈服，把信撕掉了。

有很多时刻，在压力下或者在爱的名义下，我们不得不做出我们内心不认可的事情。

可是我寝食难安。后来，我想到了一个办法。我估摸着礼物的分量，用同样的价钱买了一些书，放到班级图书馆里。我甚至也没有告诉那位家长，没有告诉同事，只求心安。

而我这些，都是从父亲那里学的，深入骨髓。很奇怪，青春期时所鄙薄的父亲，却成了自己的道德镜像。我知道了父亲的伟大，也接纳了他的渺小。

相信你自己。你的不安会指引着你找到方向。

相信你的日落先生

10

炊烟与歌，我选择了歌声

●●●●● 中国移动 🛜 09:50　　🔒 50% 🔋

〈 微信(3)　　完美的妈妈　　👤

女女，现在家里就只有我一个人。你种的水仙花开了，洁白的花瓣像是月光做的。这花真是漂亮。可你当初拿回来的时候，只有一块大蒜似的根茎，真是丑陋。我们总是很容易看见表面的繁华，看不见内心的力量。很多东西看不见，它却在那里。

说不后悔，是不可能的。有一次，我甚至恨他。第一次是你没有办法上初中，只能待在家里的那一年，每一个晚上我都恨他。我甚至想带着你出走。他绑架了我们两个的自由。但后来，我看到你在家的那一年很快乐，你读了那么多书，唱了那么多英文歌，当你流利地给《魔戒》配音时，我知道你在这一年中获得了最重要的东西，那就是学习的快乐。可是我当时看不见它的花。

你到了青春期，你甚至把你最爱的人也当成这充满敌意的世界的一部分。妈妈也有这样的岁月。但是你要相信，我和你爸爸爱你。我的爱是无条件的，我爱你，是因为你是我的女儿。爸爸的爱，看似是有条件的，看起来是希望你成为他心中的样子，他才爱你。其实，孩子，不是，他的爱要更博大。就像那丑陋的水仙花的块根，有一天，会开出月色的花来。

......

To 日落先生：

旅行结束了。

文利回来后，他把话题轻易地转移到了吃的上面，大家也像做贼心虚似的对文利格外热情。我看着他，觉得我从来都没有真正认识过他。初中时，他是远远的影子，影子虽是模糊的梦，但却是瞭望得到的真实。而现在，我清晰地看到他，却觉得像梦一般不真实。

然而我知道，这就是他。他跟我是两个世界的人。从小，我都生活在爸爸的世界里。他的梦想是我们的梦想，他的远方是我们的远方，他的使命是我们的使命。常常把生命当作一回事，就会带来一种沉重和窒息感，所以我看到他，一个从来不把生命当一回事的人，就觉得被吸引。我只是把我想要的自由投在了他的身上，而已。

所以，梦虽破了，心却不痛，反而更清楚地看到了自己。以前那种彻骨的思念，似乎有了一种可笑的味道。但是，我却不想笑自己，因为梦也是真实的。

你说，内心的不安会引领着我找到方向。我想，那种不安，就是内心的道德感吧。

旅行结束后，我回到自己的宿舍。对着空空的房子、少量的家具默默无言，我却觉得真实，仿佛这份孤独是属于我的。繁华落尽，才知真淳。我打开音乐，尽情地跳着，一个人跳着，跳给我一个人，直跳到我裙发飞扬，然后倒头就睡。

这两天，我推说病了，不方便接待他们了。他在微信里发了几句安慰的话，就不再殷勤了。我也不介意，甚至有点求之不得。病似乎一时半会儿好不了，他们就经常去文利家了。

放学后的日子，我就窝在家，听音乐，看书。我打开了自己久没有更新的简书小屋，我发现了很多留言，都是一个女孩留的。她说她今年二十岁了，两年前读到我的文字，就一直默默地看，每一篇都没有落下。我写的文字不华丽，但是却真实，有时候还长着刺，就像成长本身。我的文字给了她很多力量。但是这十几天，都没有看到我再写一篇。她就着急了，以为我发生了什么事。

一直以来，我因为惧怕孤独，渴望友谊，却囿于厨房。炊烟袅袅，只是我获得友谊的方式，正如文利。可是当我走进人群，我却又渴望孤独。我品尝着美食，享受着欢愉，但是我却想念我写下的孤独的句子。

　　一日刚吃过晚饭，有敲门声。我打开门，却是文利。她还是那么快活，一进来就用她的香港口音和香水味占领了整个房间，把寂寞的空气排解一空。她问我身体哪里不舒服，说她很担心我。

　　我看着她的眼睛，我没有办法说谎。我就把车上的事情告诉了她。

　　我以为她会哭，我都准备好了纸巾。没想到她还是笑着。她说，她早就知道了。以前也有很多次这样的情况，不过，她每次都装作不知道。

　　"为什么？"我站起身来，愤愤地看着她，真想脱了我的鞋，一鞋子下去打醒她。

　　"装作不知道，大家还可以做朋友。"脸上还带着无奈的平和，这平和让我讨厌。

　　"拜托，你还有没有自尊啊？为什么要为他们放弃你的尊严？"我愤怒极了，冲上去摇着她的肩膀。

　　"我需要朋友。我一个人的时候就很寂寞，我就会想念食物，想不停地吃来填满我的孤独。"她哭了，仍然是细雨似的，连哭都是忍着，真受不了！

　　我转过身，拉开窗帘，赤脚坐在地板上。外面黑夜浓得像拿铁。

　　"我刚才哭，是因为终于有人在乎我的尊严，有人在乎我了。"她说，"谢谢你。不过，我还是会装作不知道，请你也装作不知道。"她在门口对我说，"对了，这是凯文让我带给你的药。"

　　是瓶VC。凯文就是这样一板一眼，他还以为我真感冒了。

　　只是不同的选择而已，也许没有对错吧。我看世界总是喜欢黑白分明，其实哪有纯粹的黑纯粹的白啊？那纠缠不清的灰色才是生活。

　　就像炊烟与歌，我选择了歌声。虽然我已经慢慢爱上了厨房，爱上了炊烟。

　　　　　　　　　　　　　　　　拥抱孤独的刺猬小姐

　　　　又：我的上一篇简书，是不是你赞赏了我十块
　　钱？

TO 拥抱孤独的刺猬小姐：

在根本处，也正是在那最深奥、最重要的事物上我们是无名的孤单。

孤独并不可怕，正是孤单将我们引向了爱、艺术与哲学。

唯有大人物才有孤独，小人物只有寂寞而已。很多人，为了填补寂寞，而迷失自己——跟自己灵魂并不契合的人成为朋友，陷入一种交易的关系中；或者以爱为由，紧紧地捆绑着另一半。

如果你有时间，可以读一读弗洛姆的《爱的艺术》。真正的爱，是拥有爱的能力。而我认为，拥有爱的能力，前提是接纳孤独，并在内心做出选择，绝对不会因为孤独就迷失自己。

原谅我给你讲这些道理，因为我从青春的悬崖边上走过。这是一个很危险的时期。常常会有一种前不见古人，后不见来者的大孤独，这是青春赐予生命的礼物。英雄的青春期，孤独总是重要的一课。赫拉克勒斯在18岁遇到两位女神做出抉择之前，就在旷野孤独地牧羊。

而孤独与爱，永远是一对悖论。

有时候，我们会无法选择，但是，你的心会指引你的方向。

理解文利，也等待她。她只是需要时间，也许有一天，她也会拥有勇气从人群中走出来，拥抱自己，拥抱自己的孤独。也许，她永远不会。

世间没有不好的东西，一切都是最好的安排。孤独当然是利刃，但也是一份郑重的礼物。孤独给予你许多时间和空间，让你从身体到灵魂有可能从容而深入地发展。当你进入自己热爱的领域时，你会忘记孤独，也会忘记自己，而这恰恰是你离自己最近的时刻。如果你还没有自己热爱的领域，那么阅读，或者在不同的"风景"之间做一个漫游者，就像旷野上的牧羊人，这也是人生难得的馈赠。少年或青年人往往是"道家"，这种漫游或寻找，比渴望一个朋友对人生更为有益。

直到有一天，那个人出现了，那些人出现了，然后彼此才会心一笑："啊，原来你在这里。"

不只是学习才是训练。孤独本身也是训练，它迎面而来时，你可以转身逃开，去朋友的聚会中躲避它，去两性的暧昧中躲避它。然而，你也可以打开门迎接它，让它在某个层面使你"与世隔绝"——当然这是一种心理上的隔绝。然后，你直面自己内心的寂寞、恐惧、无处安放的忐忑，毅然地将生命投到有价值的事物中去。它可能是你的学业（你甚至并不喜欢它，但那往往是因为你不了解它，而了解是需要时间和努力的），也可能是某种爱好，或者只是前面所说的漫游。

我是一个中年人，在熙熙攘攘的世俗社会与孤独的自我之间穿梭，已经在某种程度上游刃有余。只是这两者并不经常是冲突的，甚至主要不是冲突的，而是和解的。我热爱聚会，也珍惜独处。对我来讲，自由就意味着我可以做出决定，选择权在我手中。

自由即选择，选择即命运。

故作深沉的日落先生

又：十块钱的确是我赞赏的。

爸爸的光环

爸爸在微信上说，他给我打了点钱。后面他不会再打了，他希望我能够自己挣钱。我看到后，真想飞回去骂他一顿。之前说好的，18岁之后我负责我自己，可是我才16岁。

我一句话也没有对他讲。好，从今天起，他负责管好他自己，我负责我自己，我不需要他一分钱了。可是当夜深人静的时候，我突然觉得，并不仅仅是钱，好像我真的被他们遗弃了，我变成了我自己，我要照料我自己，我要负责我自己，我跟他们没有关系了。

我觉得前所未有地孤独。

是从什么时候开始的，我和爸爸的关系变成了这样？连我自己也说不清楚了。他的理想主义在我看来，好虚伪，好自私，他只关心他自己，从来不管我和妈妈的看法，虽然我和妈妈也从来没有谈论过这些，但是我觉得妈妈也不幸福。总是搬家，妈妈和我一样，几乎没有知心的朋友。我刚上初中的那两年，妈妈经常哭。

那一年我们来到了内蒙古的罕台川，准备在那里建一所他们心中理想的学校，他们为此已经准备了很久。那段时间，爸爸他们异常地兴奋。学校不大，还有些破旧。常常停电停水，周围荒凉，只有枯草与蓝天。但是他们仍然唱着歌，构筑着他们的理想国。

在开学前一天，他们在蓝天之下，一起朗诵。后来我才知道这是泰戈尔的诗。

我要唱的歌，直到今天还没有唱出。

每天我总在乐器上调理弦索。

时间还没有到来，歌词也未曾填好：只有愿望的痛苦在我心中。

花蕊还未开放；只有风从旁叹息走过。

我没有看见过他的脸，也没有听见过他的声音：我只听见他轻蹑的足音，从我房前路上走过。

悠长的一天消磨在为他在地上铺设座位；但是
灯火还未点上，我不能请他进来。

我生活在和他相会的希望中，但这相会的日子
还没有来到。

读完，他们都热泪盈眶。那天，连我也要哭了。

生活中有诗，但日子仍要一天一天过。首先是我
的上学问题，离市中心开车要一个半小时，如果我去上
学，这意味着我五点钟就要准时出发。我们家几乎没有
积蓄，没有办法买车，爸爸只有公事才用学校的车。

妈妈因为这事，第一次和爸爸吵了架。但是，爸爸
仍然决定让我休学一年，这一年由他和学校的几位老师
教我。和我一起的，还有一个女孩云夕，这是我们两个
人的中学。

妈妈对这事一直耿耿于怀。

于我，倒无所谓。虽寂寞，但日子过得却丰盈。
我读了《古文观止》《唐宋词十七讲》等很多书，自习
时，文学书更是一本一本地读。爸爸的团队里有很多
书，我开始读一些哲学、心理学的书。爸爸很欢喜，教

我做笔记，还带我参加他们团队的心理学共读。

　　我的大师兄教我学数学，另外一个姐姐教我学英文。他们教的都很难。特别是那个不说话的大师兄，天天拿微积分教我。这哪是教我啊，分明是整我啊！我就去拍他的桌子，让他给我换点容易的。可是他从来不让步。英文让我读新概念，每一篇都要会背。还要每天唱一首英文歌，给《魔戒》配音。那一年，我学了一百多首英文歌，会背英文的《新月集》，给电影《魔戒》三部配音。

　　更幸福的是，我和云夕会在大雪纷飞的日子里，去散步。窄台人烟稀少，极目所望，一片白色。我们会一起聊天，唱歌，大叫，在雪地里奔跑。世界很大，可以装得下我们两个。那是我最幸福的日子。

　　可这却是妈妈最痛苦的日子。她本来是教高中的，现在突然要去教小学。她不知道怎么上课，就天天晚上熬夜备课。有很多孩子的爸爸妈妈是不管孩子的，有好几个孩子二年级了，话还说不完整。妈妈把孩子们带到家里洗澡，早上很早起来给他们补课。但是一天一天过去了，他们变化还是不大，教育没有什么奇迹。妈妈有一种深深的无力感。她还要写剧本、带着孩子们排剧，很多对于妈妈都是新的挑战，那些日子，她常常哭。

然而，最让她难过的是，我居然没有学上。她第一次怀疑起爸爸的选择。

第二年，爸爸终于买了车。他每天早上五点钟起床送我上学，冰天雪地的，格外冷，可车窗里，却很暖。

因为休学一年，刚开始一学期有些不适应，但后来我的成绩就遥遥领先。妈妈终于松了一口气。

我并没有花很多时间在学习上，空余时间我都在读书、写作。我在博客里写，每次写完我也都会给爸爸看。有一天，我接到了一个杂志的约稿，让我写一个专栏。

那一刻，我觉得幸福极了。就好像我一直在练习歌唱，如今我的歌声被人听到了，被人认可了。

我一连写了十几期。我走在路上，车水马龙，觉得自在；我经过人群，熙熙攘攘，觉得骄傲。我看到同伴，觉得我是跟他们不一样的，他们是平庸的，而我，是一个写作者。

直到有一天，我偶然听到了爸爸妈妈的谈话。我才知道，那个编辑和我爸爸是朋友，他之所以能看到我的文字，是因为我爸爸转发给了他。也许我能够写专栏，也是他的缘故。

我讨厌他！我觉得他好伪善！为什么他的光环那么大，总是遮住我？就连大师兄他们对我好，都不仅仅是对我好，而是对他！

我好，并不仅仅是我好，而是我是他的女儿。

这多么可笑。

于是，我决定要出国。我疯狂地学习，我希望能走出他的光环。我才不要他罩着我。为什么他的选择就得是我和妈妈的选择？为什么他的理想就得是我和妈妈的理想？为什么他想什么时候离开就什么时候离开，而我和妈妈只能跟着他？

妈妈跟着他，我再也不会了。

我也不会要他的钱了。

从今天起，我要为自己负责。

我不是小乞丐，不需要赞赏

2人赞赏

天天戴着面具，你不累啊！

TO 日落先生：

很抱歉，好几天都没有给你回信。

我找到了一份兼职工作。留学生在英国找工作很难，更何况我还未满18岁。我找了很多网站，填了很多简历，漫天撒网。基本都是杳无音信。文利也给我推荐过一些中国的餐馆，但是我拒绝了。拒绝的原因有二，一是我不愿意接受她的帮助，二是我想要在西餐厅工作。我想，你可能已经看到了我的简书。我已经想通了，既然我必须去工作，那么为什么不趁机锻炼一下自己的口语，让自己变得更坚强呢？而且，我想获得不一样的体验。

放心，我并没有拒绝朋友。我在凯文给我推荐的网站上，找了几十家档次不同的西餐厅。几天后，只收到了几封很礼貌但很冰冷的拒绝邮件。更多的，则如石沉大海，音信全无。

等我投到第四十封简历的时候，我终于收到了面试的通知。原谅我，我在年龄那一栏把自己的岁数写成了18岁，其实我身份证上的年龄也是18岁（我爷爷报错了，后来爸爸妈妈很忙，也一直没改成）。我知道，这次机会对我很重要，所以我认真浏览了这家西餐厅的网页，认真地写下了面试稿，并且请凯文来当面试官，模拟演练了一次。不过这一次，他吃了很多猪脚。我想，他的感冒终于好了。

这是一家很好的西餐厅，甚至可以说是顶级的。我站在门口，心里很后悔，觉得不应该投简历，进去肯定是自取其辱。就在那一刻，我想起了你父亲的故事，我觉得我起码应该去试试。于是，我把自己给推了进去。

引我进去的，是一个很优雅的女孩子，个头很高，一头波浪卷的金发倾泻而下，面部轮廓很柔和，总让我想起《哈利·波特》里面的赫敏。她的装束很得体。我看着自己随意的装扮，真想马上掉头回去。

可是，真正带给我噩梦的，是她的外貌——她的五官，每一个部位单看，都没有什么特点，但汇在一张脸上，虽然平淡，却会让人过目不忘。她很会修饰，每一处妆容都修饰得一丝不苟，甚至连她微笑的弧度都设定在最佳模式，必定露出八颗牙齿，不多不少。她的眼神，也带着挑剔，仿佛都看到人的骨头里。我仓皇地回答了她的问题后，就不抱希望了。

可是没想到两天后，我就收到了回复。我居然通过了面试！收到邮件后，我就恍恍惚惚的，觉得我已经不在这个星球了。

文利很替我开心，她送了我一个背包，说我的背包那么大，那么旧了，不适合去西餐厅。说来也是，那个背包是初二时，我爸爸送给我的。用了那么多年，也该换了。

她晚上也会经常过来，替我筹划——要穿上高跟鞋，还要学学化妆，她认识的一个学姐开了个化妆社团，我可以去学一学。她很开心，就好像是她要去工作一样。

我很感激她，但还是拒绝了。高跟鞋，我从来没有穿过。至于一想到脸上扑了厚厚的粉，还要戴假睫毛之类的，鸡皮疙瘩就掉了一地。我对文利说："士可杀，不可化！"

她捏着我的胳膊，一副不听老人言，吃亏在眼前的样子。

第二天上班，我才知道，我太天真了。"老巫婆"雷达一样的目光把我从上到下扫了一遍，甩出一句话：

"你今天还没准备好，明天再来吧。"然后就走了。我尴尬地站在那里，连自己哪里做错了都不知道。

那些英国女孩子看着我，礼貌而又疏离。

我一个人走回去，一直在想，我到底哪里没准备好。我在许多西餐厅门前停留，观察了好久，我才发现，每一个服务员都化了妆。于是，我马上飞奔回去找文利，让她帮我化妆。然后我背上包，又去了。

"老巫婆"看到我，有些吃惊，可是马上就恢复了镇定的微笑的神色，摆好了微笑的弧度："请问，你是闭着眼化的妆吗？"

我以为她又要我走。

"过来，我教你怎么化。"她婀娜优雅地踩着高跟鞋，走到了化妆间，用她的化妆品，一步一步地教我。

要是你觉得她对我还不错，或是对我有了好印象，那你可就错了。

接下来礼仪培训整整进行了一天。从站姿、走路的步幅、微笑的弧度、说话的音调、拉椅子时的动作，要时时刻刻优雅、美丽。我真的像一只笨拙的丑小鸭。就在我几乎要晕倒的时候，她却让我再单独练习一次，还毫不客气地在我背上拍了几下，示意我挺直腰背。她是不是故意要刁难我？我真想脱掉鞋子甩到她脑门上："你这是弄啥哩，是不是看我是中国人，故意欺负我？"

她还是职业般地微笑着："我绝对没有歧视你的意思。但是，这是工作，你必须做好，这跟国籍没有关系。"

她有读心术吗？真是个恶毒的无缝不入的巫婆！还说没有歧视，为什么那么多人，眼睛偏偏盯着我？

好不容易熬完了一天。结果第二天，我又模特似的站了一天。以为终于要结束了，谁知她又说："个子那么矮，还不穿高跟鞋？"

可是我明明穿上了高跟鞋啊，都5厘米了，难道5厘米的不算高跟鞋吗？我正准备说，好，明天我会穿7厘米的，总该可以了吧。

"明天要穿10厘米的鞋子，请穿上丝袜，化好妆。"

"穿那么高的鞋子，小心我会把牛排扣到客人的头上的！"

她哼了一声，还是职业的微笑："那你就试试看！"优雅地转身，婀娜地走了出去。

天！她还有没有人性？那么高的鞋子，那么薄的丝袜，还要化妆！时时刻刻都要把背挺直、微笑！

我真想对着她的背影吼两声："喂，天天戴着面具，你不累啊！"

度日如年的刺猬小姐

又：希望你不要来这家餐馆吃西餐。

又及：说不定会把牛排扣在你头上。

To 刺猬小姐：

原谅我，读的时候一直想笑哎。我估计以你的脾气，今天晚上会在家里穿上高跟鞋练习走路了。女孩子刚开始穿高跟鞋，脚会磨破的。你最好备一些创可贴。

同时，你也需要为自己的心穿上铠甲。因为刚开始工作，肯定会不适应，更何况你还未满18岁。但既然你已经决定去做了，就把这当成难得的一次体验吧。

我也带过一个实习生。他刚毕业，一副乳臭未干的样子。面试时，我扔给他一本哲学书，请他第二天讲给我们听。第二天，他急出一身汗，写了满满一黑板，我知道，他肯定是写好讲稿，背下来的。

当时，我的同事并不看好他，因为他的确看起来很怪，一点儿人情世故都不懂。但我坚持让他留下。

老实说，他讲的我一句也没听懂。但是我从他的态度上可以看出，他很努力。而且他身上有一种孤独的气质，他不会是一个随波逐流的人。

虽然我看好他，但是我仍然对他很严格，甚至说是苛刻。他写的稿子我总是要改很多遍，甚至连一个标点符号都不能错。我还给了他很多书，要求他读完，并且每一本书读完都要写一篇读书报告给我。

我爱人说，那孩子很孤僻，万一被压力压垮了怎么办？我想，就是因为他身上存在着卓越的潜质，所以我必须对他严格。因为工作第一年，遇到什么很重要。如果遇到的是得过且过，就很容易混过去；如果遇到的是精益求精，很有可能他就会养成一种追求卓越的习惯。因为他见过高的标杆，他就不会轻易放低对自己的要求。

同时，我也没有放低我对自己的要求。以前，我做老师的时候，经常听到的比喻是老师是蜡烛，燃烧自己照亮别人。我后来一直反思这句话，这样的比喻多吓人啊。后来我想，无论是当老师，还是做人，都要活成一束光，照亮自己，也照亮别人。

我对自己也很苛刻。因为他是我收的第一个徒弟，所以我要让他看到我的工作品质，看到我对工作的热爱。他只看到我对他很苛刻，但他不知道，我在内心对他寄予了很深的期望，而且我也很在乎我在他心里的形象。

说起来可笑吧。我在做讲座的时候，我都会搜寻着他的目光，下来的时候我都会问他怎么样，还有哪些地方要改。如果他说不好，我也会反思很久。

当他做得好的时候，我虽然嘴里不说，但是我的心里是很开心的，甚至比自己做得好还开心。因为你看到的是一个蓬勃的生命，一个热爱自己工作，能够从工作中创造的人。

多了一个这样的人，世界就会更美好一点。我去年回到我的老家，以一个游子的身份，看到的家乡很让我吃惊，这跟我童年时的印象多么不一样啊。现在的人是冷漠的。去医院，多问医生一句，便对你恶语相向；

去餐馆，看到的是流水线似的冷漠。我跑了很远，去一个羊肉泡馍店。这个店是我小时候吃过的，店主很好，他煮羊肉汤的时候是唱着秦腔的。他早已白发苍苍，但是他仍然还在唱着歌。我问他，现在早已可以用外卖软件了，为什么不加盟外卖，这样也轻松点，还可以多赚些。他说，外卖送出去的味道不正宗。他想让客人吃到最正宗的羊肉汤。所以虽然年纪大了，儿子可以替自己熬了，但是他晚上还是会起来好几次，查看火候、时间。他说："多一分钟味道就不一样。"回家的三天，我每天早上都会走很远，去他的店吃饭。我想，与其说是去喝羊肉汤，不如说，我想看到他的笑，看到他边工作边唱秦腔的样子。

　　如果有更多的人热爱自己的工作，生活会幸福多了。自由，就是可以选择，选择自己热爱的领域。

　　呀，扯远了。也许总觉得自己的时间不多了，就变得唠叨起来。

　　我也遇到过一个对我很苛刻的人。当时我在一个公益机构工作，机构的董事长经常批评我。不要忘了，我当时都是三十多岁的人了，而且出了一两本书，有了一定的名声。可是在公益这个陌生的领域，我还是得从头做起。我现在的工作效率很高，原因就在于我当年从她的批评里，不断反思，形成了聚焦于问题的思维方式。她从来不让我找借口，总是对我说，我不是要批评你，我想要你知道，问题出现的原因是什么，接下来你会怎么办。我非常感激她。虽然最后我离开了这个公益机构。但是她教给我的对待工作一丝不苟的态度，至今还影响着我。

也许遇到她，是你的梦魇，也是你的幸运。

也曾经是别人梦魇的日落先生

又：我真希望能去那家餐厅吃一顿牛排。

小宇宙爆发的刺猬小姐

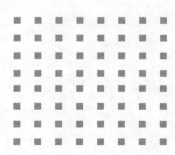

妈，我饿了。

自己做饭去。

做不动了。

工作很辛苦吧？脚磨破了吧。

破了。不辛苦，妈妈，而且还能认识很多人。

你们经理怎么样？

经理啊，人很好啊，说话就像猫一样。再说了，我可是一个独自在异乡生活的小女孩。她很关照我的，对我也很耐心，做错了反复教我，但从来不骂我。

其他人呢？

还有两个大学生跟我一起做兼职。她们人也很好，对我很客气，下了班后，还带我去参加她们的大学生派对。我在那里还遇到了我们格斗社团的教练。就是我之前给你说过的，有长长的脏辫的那个。我还问他，他的辫子是真的还是假的，他居然还让我摸了。

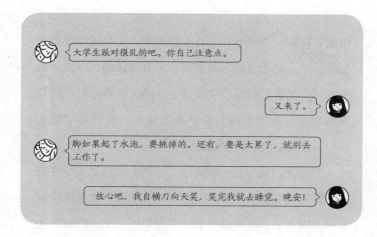

To 刺猬小姐：

你最近还好吗？没有收到你的邮件，简书也没有更新。

猜猜我最近在做什么？

估计你是无论如何也猜不到的，我在跳健美操。估计你肯定要撇撇嘴，翻翻白眼说，有没有搞错，一个大男人，更何况是一个老男人，在跳健美操？还不如去跟广场大妈跳广场舞呢！

哈哈，其实，我已经跳了大半年了！

我不是一个擅长运动的人，最喜欢的运动就是跑步，然而也只坚持了半年。就更不用说跳健美操了，那是属于青春女孩的专利，与大叔无干。大叔可以过着大叔的日子，对很多熟悉的事物，闭着眼睛都可以做。遇到困难，凭着经验似乎就能搞定。熟悉的事物熟悉的规则熟悉的处理熟悉的心情熟悉的生活，这就是"舒适区"，舒适，但是没有挑战。

有一天，我写完一段文字，感到心满意足。站在窗前，慢慢地啜饮着一杯美式咖啡（多年来，我只喝这种咖啡，事实上，其他咖啡我几乎没有喝过），咖啡的苦味让我变得有些伤感。这时，我想起，我已经在这世界上生活了几十年了。15岁的时候，想要爱情。30岁时，想要远方。这以后，我就开始流浪，去过很多地方，最终找到了一份自己热爱的事业，然后很努力地去做。

但是，我也知道，无论我怎样训练自己，怎样反思，我都慢慢地陷入一种惯性与惰性。其实从小以来，我对自己不擅长的领域从来都是回避。我一直盘旋于自己擅长的领域，最后如鱼得水。

所以，当我用文字鼓励别人，勇敢去尝试的时候，就在那一刻，我决定逃离舒适区，挑战自己不擅长的领域。所以我选择了健美操，因为这对我而言是最难的。

我并不是要在健美操行业成为专业者，我也并不想要获得什么，我只想挑战我自己，让自己重新面临困难与挑战。年轻时，以为做什么都要有结果，那时对结果的定义是外显的，什么荣誉、奖牌证书等。现在，一切都是游戏。这里，所说的游戏，并不是说浑浑噩噩、万事随缘的"佛系生活"，而是说，像孩童般不执着于结果。就像泰戈尔诗里所说的：

> 孩子，你整天坐在尘土中玩着一根断掉的树枝。
>
> 我微笑地看着你玩着那根折断的小树枝。
>
> 我忙着做账，一个钟头一个钟头地累积着数字。
>
> 也许你看我一眼，想着："多么愚蠢的游戏，竟把你的早晨给浪费掉了！"
>
> 孩子，我已遗忘了专心致力于树枝与泥饼的艺术了。
>
> 我追寻昂贵的玩具，收集大批的金银。
>
> 你用随手所得创造了你欢乐的游戏，而我却耗

费我的时间和精力，

在我永远也得不到的东西上。

我在单薄脆弱的独木舟上挣扎着要渡过欲望之海，

而忘却了我也是在游戏。

挑战，超乎我的想象。我是和很多女孩子一起学的。她们见我，只"哧哧"地笑。扭腰、提臀、波浪线……动作都相当奔放与性感，你可以自行脑补画面。

我在中年，才想起挑战自己，而你，这么小就敢于挑战自己。

关键是，每一个动作对我来说，都很困难。教练人很好，刚开始每次都停下来教我，但是停得多了，几乎教不下去了。后来就不管我了，任我青蛙似的乱跳。嘿，我现在有了个雅号，以后可以用作我的新笔名"青蛙爵士"（因为我们的练习有点爵士风格）。

一个班里有一个"郭靖"，其他都是"黄蓉"。郭靖想的是，为啥这个动作我死活就是学不会？黄蓉们想的是，这个郭靖，真是傻得可爱。后来，我读到脑神经的书，才知道人的脑海里有镜像神经元。这个神经元丰富的人，看一遍动作就可以在脑海里像镜子一样反射过来。我的镜像神经元肯定在幼年受过严重的挫折，所以才自我封闭，没啥发展吧。

不过，要是你以为后天努力，就能弥补这一切，那你就错了。短板就是短板。别人靠镜像神经元，我靠的是逻辑分解。我对着视频，把动作画下来，然后一步一步地在脑海里"放电影"，最后再一步一步地练。可是，第二天又忘了。

我强迫自己，每天晚上都必须练一遍。我打开电脑，准备练习，然后我的妻子就含情脉脉地注视着我。你说，一个人要有多大的勇气才能破坏你在你爱的人心里的形象呢？

可是，我还是果断地跳了一遍——在脑海里。

不过，我没有缺过一次课，也经常自己给自己"补课"。为了给自己增加压力，我还主动要求参加她们的新年首秀。

也许，有一天，你能看到我的健美操视频，你会看到一个灵活的胖子，跳得丢人现眼。不过，我的确挑战了我不熟悉的领域，而且真实地体验到了作为一名"差生"的真实心境。

只是当我学习健美操时，我就不能轻视它，因为一切学习，都是一个承诺。这跟别人无关，只能自己去克服许多困难，包括别人的眼光，以及人性中的种种缺点，包括懒惰、借口以及由死亡带来的虚无。

我觉得，这个时代，一个人最好的身份，就是"学生"。

"差生" 日落先生

又：相信你。

又：你需要时间。

To 青蛙爵士：

一只青蛙在一群美少女中跳舞，这的确是需要勇气。只是，你那么快就胖了起来？我上次见你，你还是很瘦的？跪求你跳舞的视频。

我啊，还好吧，只是每天下来会腰酸背痛。其实，每天也就工作一两个小时，但是这一两个小时太难熬了。你凭什么相信我？我自己都要不相信我自己了。你还说遇到那个"巫婆"是我的幸运，真是站着说话不腰疼。你当初那样对你的徒弟，说不定在他心里，你也是一个老"妖道"。

其实，最难过的是，你会觉得自己是不一样的。那些女孩子倒也从来不会对我恶言相向，相反，她们对我很礼貌，彬彬有礼，却让我觉得很难接近。她们自己见面，则很远就笑起来，肢体变得活跃，见面还要互相拥抱。她们一起喝喝咖啡，下班了还一起逛街。可只要我走近，她们就突然变得矜持，气氛就马上变化。

我也试着想融入她们。我会提早来，帮她们做一些工作。可是没有用。那个长得很像赫敏的女孩对我说"做好自己的事情就行了"。

所以，我也不想融入了。我就好好享受孤独吧。

那个"巫婆"还是时时盯紧我，我每天都要挨好几次批评。

你说对了，我的确每天回去练踩高跟鞋，现在我终于可以穿着高跟鞋也像在平地上走路了。估计见到你，牛排是不会扣你头上的。你知道吗？这么冷的天，我还只穿着一条丝袜。

我的英文不好，这个事情也终于闹出了麻烦。就在前天吧，一个客人过来，我赶忙上前为他拉椅子，并把菜单奉上。他对我微笑了下，开始点单。可是他一连说了好几遍，我还是没有听懂。他的微笑渐渐凝固，脸上也露出不耐烦的表情。我的脸红了，我一转身，"巫婆"正严厉地盯着我。就在我手足无措的时候，她走上来，接过菜单，委婉道歉、点单，整个过程完美无缺。

我一直等着她骂我。

可是她始终微笑着，这是暴风雨前的宁静，我早就知道。也许过了试用期，她就不会再用我了吧，所以我也不值得她再浪费时间。

这一天结束时，她叫我留一下。我知道，最后的宣判时刻到了。可是，我要在她说之前说出来。

"我知道，你肯定不会留下我了。可是，每个人刚开始工作都会犯错误，你难道忘了你刚开始工作时候的样子吗？"

她倒是很惊奇，也不回答，还是带着职业性的微笑看着我。

看啥看？我一张中国脸，比你多了一只眼睛，还是少了一只鼻子？

"你就是歧视我，因为我是中国人。那些女孩子也歧视我，因为我是中国人。"

她耸耸肩，虽然外国人都喜欢耸肩，但是她却极少这么做。

"我只想告诉你，我从来没有歧视过中国人。在我这里，只有做得好和做得不好，愿意改变和不愿意改变的人。"她看着我，眼光变得犀利起来，"你自己都没做好，她们怎么尊重你？"

我咬着嘴唇，都快咬出血了。哼，姑奶奶哪有不努力，我连晚上做梦都在练习！

"你只是在花费时间，但算不上努力。"她递给我一个文件夹，"我告诉你，我刚开始来这家餐厅的时候，当天晚上就把这家餐厅的菜单背得烂熟。"

我接过去，脸又一次红了。我还没有看过菜单。这几天我练的一直是礼仪、化妆，这些都占用了我很多时间。可是，我知道，在她面前，我没有办法找理由。

我把那个文件夹拿回去，一遍一遍地看菜单，每一份点心，每一种红酒，我都上网查过资料。我把菜单上的英文都默写下来，为了能保证我在任何情境下都能听懂，我用电脑快进五倍听，直到自己默写下来为止。

现在就算你用外星语给我点单，我也没有问题。早就给你说过吧，别惹我，我可是集努力智慧于一体的刺猬小姐。哈哈。而且，从今天开始，我开始了健身计划，同时，我还报了创意写作的网课。

现在，本小姐已经腰酸背痛，准备开始睡觉喽。那些使我痛苦的，必使我强大！

小宇宙爆发的刺猬小姐

又：我今天见到一个人，很像你。

又及：不过他并没有多看我，所以应该不是你。

动作都相当奔放与性感

 你爸有没有给你汇钱啊？这个月的生活费够不够花啊？

汇过了，够花的。

 你之前打电话说过的那个男孩，就是那个戏剧社的男孩，你们怎么样了？

他还以为自己是人民币，人人都喜欢他？我早就对他没感觉了。

 太好了，我今天要多吃一碗饭庆祝一下！

 你，你……

 我早就看他不爽了。

那你怎么不早说？

 被你爸拦住了啊。你爸说，别人说的都是废话，自己悟到的才是教训。

TO 日落先生：

你这段时间咳嗽好些了吗？不知道你的"青蛙操"练得怎样了？

你猜猜，现在在那个西餐厅，最受欢迎的服务生是谁啊？不过，你哪怕是用脚趾头想想，肯定也知道是——集努力与智慧于一体的刺猬小姐啊。

你知道秘诀在哪里吗？

要知道，我以前只是不知道在哪些方面努力。一旦让我找到了方向，我会比她更有创意。我不仅背熟了菜单，我还给每一样菜品加了一句诗意的介绍。因为经过我观察，来这家餐厅的都是一些带着文艺范的中老年人。

有一对常来的老年夫妇，有七八十岁了吧。可老太太穿着十分讲究，妆化得也是一丝不苟。她每次来都指定我来点单，因为她特别喜欢听我讲的红酒故事，每次听得都津津有味。当然，以她的智慧肯定知道，这些故事是我乱编的，但是她仍然喜欢。

刚开始我讲这些故事的时候，那些英国女孩们还很不屑，甚至向经理投诉我。不过经理说，先让她试试看。我知道，她一直在盯着我。但是，我试着不去想她，专心在顾客身上，反而做得更好。

当老太太向她夸赞我的时候，她仍然那样微笑着，很客气地表示感谢，好像我做得好是理所当然的。看吧，她还是对我很苛刻，一点儿也没变。

不过，我开始习惯起她的苛刻来。

对了，昨天，你是不是也来这家店了？是不是为了不让我尴尬，装作不理我？虽然我只见过你一次，可是我觉得我应该不会认错。我在网上查了你的资料，反复看了照片，确定应该是你。

是不是我化了妆，所以你认不出来我了？拜托你下次回信的时候，告诉我一声，免得我哪天忍不住，上去打了招呼，万一不是，闹出笑话，经理又要骂我了。

还有，网上你的资料，并没有显示你做过教师和公益啊，只说你曾是一名平面设计师，很偶然的机会，才从事写作的。这么说来，你还做过平面设计啊，你的人生可真够折腾的!

对了，再给你说一件事。

我现在才知道，原来那天在我后面面试的，还有几个英国的女孩，其中一个在剑桥读书。原来，经理说的是对的，在她眼里，没有国籍，只有做得好和不好。

那些英国女孩儿们，现在对我也热情多了，有时候她们还会让我把那些红酒的故事教给她们。我就把这些故事写了下来，配上图，做成了精美卡片送给了她们。有一次，她们下班后，问我："要不要一起去逛街？"

虽然我并不想去逛街，只想回家去读书。但是我还是答应了。她们说，要不，咱们今天就疯狂一下，到咱们的西餐厅去吃，也当一回顾客，让咱们经理给咱们服务。

当我们返回西餐厅时，经理还以为我们回来拿东西。当我们微笑着走向餐桌时，她马上就明白了，她微笑着，还是那样的弧度，但是略带些调皮，好像我们在玩一场过家家的游戏。谁都知道是游戏，所以有些兴奋，但又要煞有介事。她为我们每个人拉椅子，铺桌布，还认认真真客客气气地向我们介绍甜品和红酒。在介绍一款蓝绿双色的冰激淋时，她用的是我的句子：

蓝天爱上了草的碧绿，风只能从旁叹息。

我们也都装作很客气的样子，感谢她，并且很夸张地说："这家餐厅真不错。"说完我们哈哈大笑起来。其他顾客都不明所以地看着我们。

经理肯定很想笑，她努力定住自己的眉毛和嘴巴，但脸上的表情早已失了方寸，很是滑稽。

那个晚上很开心。虽然我还是很想独处，但是跟她们闲聊，也让我有一种，怎么说呢，就像巧克力融化时的感觉。

马上就要圣诞节了。我最近要求多加班。因为我想送一些人礼物。不过，你不要以为我在暗示你会收到礼物。就你，那么多天都不回我，看到我也认不出我的人，鬼才会给你送礼物呢！

创意天才刺猬小姐

又：如果让我发现你见到我，却故意不理我，你就等着瞧吧。

又及：或者更可恶的是，你根本没有认出我来。

又又及：如果是那样，你现在趁早收拾东西，准备被我踢到外太空！

To 刺猬小姐：

　　真替你开心。

日落先生

最后的抒情

　　我本来白天处于一种狂喜中，但是入夜以后，我的喜悦就慢慢变淡，然后陷入一种忧伤中。用手机听了一首音乐，那黏稠而空灵的声音，好像是一只猫变成了小姐，学会了抽烟、喝酒、哼小曲。听了几句，又关掉了。

　　独自坐在窗前，今夜，我不关心人类，甚至不关心自己，我想念你，爸爸。

　　我和爸爸的关系，在我上了初中以后，就变得很微妙。我们彼此都想要靠近，却更加远离。因为妈妈带了一个班级，她便白天黑夜地扑在班级里，爸爸就要接送我上下学，我跟爸爸的交流就更多些。

虽然我总是跟他吵，但是在心里我是崇拜他的。我不像妈妈，更像他。有着陕西汉子的正义感和豪迈，激动与难过，都要吼两声。遇到不公平的事情，绝对不忍到心里，不管怎样，总是要说出来。

记得我在苏州上小学时，爸爸每天骑了自行车来接我。路两旁的木槿花开得正盛，我坐在爸爸的车后座上，花瓣纷纷扬扬地飘落在我的身上。我伸手想去抓，爸爸就用陕西话说："女女，别动！"我就故意用手去挠他的肚子。爸爸的肚子很大，很柔软，就像泰迪熊一样。而他又是最害怕我挠他肚子的。他一痒全身就抖动起来，车子就晃晃悠悠的。爸爸就叫起来："女女，别闹了！"

我的脚搭在下面一晃一晃的："爸爸，快点开，饿死了！"

爸爸突然停下来："要不，你先在路边吃些草，我们再回去。"他胖胖的脸，一脸认真的样子。

我扭起他的胳膊："我又不能吃草！"

爸爸装作更认真的样子说："兔子都是吃草的啊。"

我就下去，拔起几株狗尾巴草，叼起一根在嘴巴里嚼着，装作很美味的样子："看起来好像很好吃。爸爸也吃。"

爸爸笑起来，脸上带着红润的光："女女真乖。"说着，他夺走我手里的狗尾巴草，也嚼了起来。

那时的爸爸真有趣。

在饭桌上，他还不停地给我出反指令的游戏。我们俩一轮一轮地玩着，饭凉了。妈妈就生气起来，开始骂爸爸："整天玩反指令，小心以后我们女女叛逆。"妈妈一语成谶，我长大果然叛逆，这跟反指令肯定有关系。

吃着吃着，爸爸突然问我："女女，你嫌不嫌爸爸穷啊？"

爸爸是穷啊。搬次家，穷三年。我们搬了那么多次家了，不知道要穷多少年了。而且家是越搬越差。成都是两室一厅，苏州是一室一厅，到了宝应，就是"豪华大床房了"。到了内蒙古是学生宿舍打地铺。

"不嫌啊。"

爸爸笑了，脸上有一种很复杂的表情。

在苏州，我的语文三十分，英语十几分，学校找爸爸去谈话。他们很不能理解，爸爸是这么厉害的教育专家，而女儿成绩居然这么差。他们委婉但坚定地希望我能留级查看。

当时，我很无助，紧紧地攥着爸爸的手，爸爸的手心里都是汗。当时，我真想回到妈妈肚子里，要是我没有出生多好啊。爸爸妈妈做小孩子时的成绩都是一流的，可生出的女儿却那么笨。

回来的路上。爸爸骑着车，我坐在后面，太阳明晃晃的。爸爸还是跟我说笑话，可我怎么也笑不起来。爸爸停下车，把我从后座上抱下来。他蹲下来，眼睛平视着我的眼睛，慢慢地说："我的女儿很了不起。"我挤出了一个大大的笑："那是当然的啦。"然后爸爸骑着车，说着笑话，我边笑边哭。

小升初，我是倒数第一名。

爸爸并没有觉得我笨。他也从来不给我补课，反而带我读《红楼梦》。那个暑假，连字都写不出几个的我，居然对写作产生了巨大的热情，我写了一万多字的评论。从这以后，我居然开始自己写小说。

有一次，我要把自己写的东西拿去投稿，老师说回去让爸爸好好给我指导一下，准能得奖。谁知道爸爸一个字也没给我改，他说："热爱是最重要的，这就是最大的奖赏，得不得奖不重要。"

"奖品是200元钱呢。得了奖，你就不穷了啊。"

爸爸苦笑了一下，就不再理我。

他中师时写作很好，给每个老师都写了一篇赋，其他同学争相传诵，还配了画。可是他觉得这世界上好的文字已经太多了，于是立志做一名读者，从来不去投稿。

可是我想投啊，我想得奖，我想证明我自己。得了奖，别人就知道我很厉害，虽然我考了倒数第一名，但是我作文很厉害，都得奖了呢。

我想让别人知道，他的女儿也很厉害。

最终我还是没得奖，也没人知道他的女儿很厉害。

在内蒙古休学一年后，我又来到新的学校。一进学校，老师就找我谈话，说我肯定各方面素质都很好，很适合当班长。于是我被夸得高高在上，同时也很害怕，害怕一下子又跌下去，摔得很惨。小学，三次转学，每一次都这样。老师一开始对我寄予很大的期望，但一次考试后，就对我失望了。

期望，是看着爸爸给的。

失望，也是因为爸爸，所以也就更为彻底。

所以，当我接受班长这个任务的时候，我很当回事。后来发现，没有人把这个职务当回事。我积极地组织班会，制定了班会议程，当我兴致勃勃地请大家各抒己见时，几乎没有人响应。

我考虑了很久，还是辞去了班长职务，专心读书、写作。我花了十二分的努力在学习上，所以在第一次月考时，我数学和语文都考了年级第一，英文因为太紧张，听力涂错了卡。老师告诉我成绩时，他并没有很兴奋，好像这一切都是应当的。

因为我是爸爸的女儿。

初中三年，几乎是我的黄金时刻。我不再是丑小鸭，到处是排挤，到处是嘲笑，找不到一寸立脚的地方。丑小鸭变成了白天鹅，即使她光彩夺目，但是在她的心里，她都怀疑是一场梦，很担心在下一场考试中失败，重新变成那个丑家伙。

但在写作时，我是自由的，我的心属于我自己的。整个初中，我写了十几万字的小说，我好像在构筑一个世界，在这个世界里，我拥有创可贴，我拥有修正带，还拥有亮闪闪的金粉。在这个世界里，我是女王。我不因谁而荣耀，我就是我自己。

所以，这些小说，我从来不给我熟悉的人看。在一个论坛里，我每天更新，我也拥有了一批粉丝，他们每天都给我留言。我喜欢这样的感觉。后来，我甚至在杂志上写了专刊。

这在初中生身上，是莫大的光环。

直到后来我才发现，这光环也是因为他。那天无意中，我听到了他和妈妈的对话。

那时，我们住在学生宿舍打地铺。我自己睡在他们隔壁的一个房间。我听到锅碗瓢盆的声音，妈妈肯定正在煮营养汤给我喝。每天起得早，早餐来不及吃，所以晚上妈妈晚自习回来会帮我煮一碗营养汤。

"我有时候在想，你让她写专栏，对她好不好？本来学习已经很累了，她回来还要再写，睡眠都不足的。"是妈妈的声音。

"我从来没有因为自己家的事去求人，这是我第一次。那个编辑也是看在我们多年的交情上才敢让这么大的一个丫头去写。"是爸爸的声音，接下来就是一阵咳嗽声。

我想冲进去，把稿子甩在他脸上，告诉他，我才不稀罕他的施舍。但我没有，只是在第二天他送我的时候，我很平静地对他说，我不再写稿子了。

他转过头，手扣着方向盘，不停地敲击着。夜色正浓，他的下巴两旁的肌肉抽搐着。我知道，他正在抑制着自己。

"为什么？"

"不想写了，写烦了！"我戴上耳机，把万能青年旅店的歌开到最大：

溜出时代银行的后门
撕开夜幕和喑哑的平原
越过淡季 森林和电
牵引我们黑暗的心
在愿望的最后一个季节

解散清晨还有黄昏

在愿望的最后一个季节

记起我曾身藏利刃

是谁来自山川湖海

却囿于昼夜 厨房与爱

来到自我意识的边疆

看到父亲坐在云端抽烟

他说孩子去和昨天和解吧

就像我们从前那样

用无限适用于未来的方法

车踉跄着转了一个弯。内蒙古冬日常年积雪，路极滑。他将全副精力放在开车上，也不理会我。

接下来几天，我们都是这样。直到有一天，我告诉他，我想出国。他沉默了。然后说："爸爸很穷，我没钱。"

"我不需要你的钱，我会去拿奖学金。"

长久的沉默。车灯下的雪睁着空洞的眼睛。

"为什么？"

"不为什么！"

"以后，爸爸妈妈就没有办法罩着你了。"

"我就是不想总被你罩着才出国的！"我咆哮着。

"那以后就不会再见了。"

"不见就不见。"我又戴上了耳机，心里却悲凉起来，有一种"东飞伯劳西飞燕""不及黄泉无相见"的悲壮。

他的鼻翼抽动着，传来沉重的呼吸声。他点了一根烟，开始抽了起来。他已经戒烟三个月了，刚吸了几口，就咳嗽起来。

我不是小乞丐，不需要赞赏

4人赞赏

因为我是爸爸的女儿

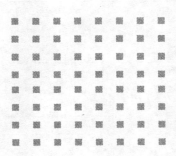

> 妈，你在干什么呢？

 听音乐呢。

> 呀，赶流行了。

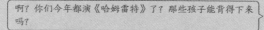 我这两天听了两百首的英文歌了。

> 听那么多干吗？

 给《哈姆雷特》找配乐啊。

> 啊？你们今年都演《哈姆雷特》了？那些孩子能背得下来吗？

 我们班的孩子可是棒棒的。

> 得了吧。你忘了你刚接班时，一首儿歌你教读了多少遍他们还不会。

 可是现在他们已经能读莎士比亚了。这就是时间的力量。

这就是爱的力量。文艺女中年已死，又多了一个女版的教育苦行僧。

 才不苦呢。苦在其中，乐亦在其中。女女，你知道吗？我们班养的羊下仔了，胖乎乎的真可爱。再养一年，孩子们就毕业了，我们就把羊卖掉，然后用这些钱带他们去青海湖骑行。就像《我要去西藏》那首歌里唱的那样：

 清晨我挥动白云的翅膀
夜晚我蜷匐在你的天堂
生灵顺从雅鲁藏布江流淌
时光在布达拉宫越拉越长
无边的草原放开怀抱
我是一只温顺的绵羊

我看到的是一个温顺的成功被爸爸洗脑后的"绵羊"。

 以前，我觉得我被他的理想绑架。没想到，有一天，这会变成我的理想。

To 日落先生：

你最近还好吧?

我可不是要关心你。只是希望你快点好起来，我也有个吵架的人而已。所以，请多休息。如果很累，就不要给我回信了。

时间过得可真快，转眼间我来英国已经大半年了。圣诞节刚刚过去，我们有了一个小小的假期。我们举行

了一个圣诞派对，没想到我收到了十几份圣诞礼物。早
就告诉过你，我是花见花开人见痴呆。凯文送我一个相
册，都是我的照片，不知道他是怎么做到的。文利送了
我一件她亲手织的毛衣。说实话，我穿起来特别像绿巨
人。大概她是按照她的身材织的，希望我努力向她的身
形靠齐。但是我嘴里却说："哦，天哪，这是我穿过的
最耐看的毛衣了。"那天晚上很冷，但是我的心里突然
觉得很暖和。

　　我也用我的工资（请注意，完全是我自己的血汗钱
啊）买了几份礼物。也许这几天你会收到一份礼物。你肯
定想知道我怎样知道你的地址的，哈，就是不告诉你。

　　那个经理离开了西餐厅。她离开前一天，一切都是
很正常的，她还拍了我的后背，让我把腰背挺直。她看
着我娴熟的样子，笑了。我想，她会是欣慰的吧，因为
我的微笑的弧度，我俯身去拉椅子的动作，都是在镜中
练习了很多遍，那一定像极了她吧。

　　那天下班时，她给我们每人买了一份小礼品。我还
不习惯在送礼物的人面前打开，手哆哆嗦嗦的。是一面
小镜子，没有镶边，只是普普通通的一面镜子。当我微

笑着表示感谢时，她说："有时候，我们需要在别人身上照见自己。"

镜子里的我，一副精致的妆容，一丝不乱的头发，美则美，但却不是我自己。

"镜子里的我不是我自己。"我还是那样出言不逊。

"那哪样的才是你自己呢？"

"我也不知道。但是我知道这样的不是我自己。"

她耸了耸肩，去更衣室。再出来时，一身的运动装，平底鞋，高马尾，妆容已经洗去。脸上并不像化了妆时那样的平滑细腻，坑坑洼洼，还有很多斑点。很陌生，又很熟悉。

她莞尔一笑："这是我吗？哪个才是真正的我？"

我也答不出来。

"两个都是我，不是吗？"她并不等我回答，继续说道，"我们一直在寻找，在人群中寻找，在故事里寻找。有时候我们在别人身上看到我们想成为的样子；有时候我们在别人身上看到自己不想成为的样子；有时候，你突然觉得自己一直想成为的样子却不是自己想要的，自己不想成为的样子反而是内心的声音。我们到底想要什么呢？”

　　"也许就是寻找本身。"我把镜子递向她，她照了
照自己，笑了。

　　"你真是一个了不起的孩子。"她说。

　　我的眼里，有什么热热的东西在涌动。"你也是一
个了不起的人。"我说，竭力控制住自己的情绪。

　　"再见吧！"她把镜子还给我。

　　回到家里。外面灯火辉煌，像是一双双渴望而又寂
寞的眼睛。我独自坐在窗前。

　　经理是一个很苛刻很专业的人，她的表扬对我来说
十分珍贵。虽然我从她的表情里能猜出她的感受，但是
说出来又是另外一回事。这是一种肯定，而且不再因为
爸爸，是对我自己的肯定。

　　我甩掉高跟鞋，小脚趾已经变形，侧面已经磨出
了拇指大小的水泡，钻心地痛。我用针挑掉水泡，贴上
创可贴。然后蜷缩在舒适柔软的睡衣里，我没有流一滴
眼泪。

　　我为什么要做这份工作？

　　穿上禁锢自己的衣服，踩着高跷一样的鞋子，化着

不是自己的妆容，忍着歧视和孤独，倔强地去适应。这到底是为了什么？我为什么不把这个时间花在读书和令自己舒适的孤独上？

为了生存？因为爸爸已经不给我打钱了？我完全可以让妈妈给我打钱啊。

为了证明自己？为了让爸爸知道，我终于逃出了他的光环？

我一次一次地走进人群，看见别人，又一次一次地离开，照见自己。

第二天，经理没有来上班。听人说，她离开了，准备去旅行。常见的理由吧，厌倦了职场，就去旅游，这样的故事电影里看多了。但是我仍然觉得有些遗憾，仿佛没有了她挑剔的目光，我就不知道如何在空中漫步一样。

新来的经理胖胖的，标准的英国绅士，对人也很和蔼。他从来没有骂过我，总是表扬我。也许是我已经被她驯养好了，他只是看到了成熟的我罢了。

他也总是夸我，可是我总觉得少点什么。

我常常拿出她送我的镜子。下班时，我会到化妆间，站在镜子前看一会儿。就在这儿，她教过我化妆。

到底少了点什么呢？我也说不清楚了。

我时常想念她。

不知道自己是谁的刺猬小姐

又：我知道你还是不会回信的。

又：也不知道你到底发生了什么。

每根刺都竖起来的刺猬小姐

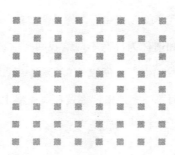

To 假冒的日落先生：

　　其实，我早就应该知道，你是假冒的。

　　我终于知道你为什么不敢给我回邮件了，因为我说我在西餐厅看到你了，所以你害怕了。别紧张，我不会把你踢出银河系的，顶多把你留在冥王星上。

　　只是，你这样做到底是为了什么？

　　天，我怎么会相信你？我真的要去数数我的脑细胞了。

　　今天晚上，真正的日落先生来给我们做讲座，讲创意写作。他声音温和，谈吐幽默，获得了无数掌声。他在讲座时一直朝我笑。我就以为他认出了我。

　　中间茶歇时，我对文利说，我认识他，而且我们还一直通信。文利激动地大叫起来："他居然给你写了那么多封邮件！你真了不起！"大家就都围拢过来，不可置信地看着我。我本来想否认，我才不在乎什么名人，什么作家呢，跟他们通信有什么了不起？可是，有两个女孩嘴一撇，笑道："牛的皮都被吹破了吧！"

　　我就看不起那种高高在上的嘴脸。于是我就站起来说："跟我走，我证明给你看。"

　　我们的老师正陪着他参观校园。我截住了他们，说："很抱歉，日落先生，我可以给你说几句话吗？"

　　他听到"日落先生"，吃惊了一下，然后笑了："哦，一年前，我在飞机上见过你。"

　　我点点头。转头看见那两个女孩的脸色变了。

"是的，日落先生。我们还写了十几封邮件的。"

他的笑凝固在脸上，不知道该退场还是继续留在脸上，一副尴尬的样子。后面的那两个女孩不屑地笑了。

文利的脸上也露出失望的神情。

那时，我也不知道，自己是失望、愤怒还是尴尬多一些。

看见这个情形，他连忙大声说道："是的，我们通了很多邮件，讨论文学和人生。"他又朝我笑了笑，对着我们老师说，"她是一个很了不起的女孩。"

文利朝我跑了过来，开心地抱住我，我差点都无法呼吸。

而我的心却冰冷。

他朝我伸出了手，我木木地伸过手，握了一下。下半场他讲的啥，我都没有听，只听见一阵阵笑声和掌声。

临走时，他故意找到我，给我道歉，说他的反应让我陷入了尴尬。不过，他倒很期待能收到我的邮件，还要了我的邮箱。我想，他是故意这样，好让别人看到他的确认识我，想要弥补吧。他是一个善良的绅士——喜欢落日的人总不会太坏。也许，在他眼里，我只是一个想要在朋友面前炫耀自己认识著名作家的"傻白甜"。

好吧，他怎么想都无所谓。

别以为我会为这件事难过。没有，我甚至都不会生气。我只是不想吃饭，只是不饿。现在这个点不睡，只是，只是我一般晚上精神都很好，一般天才都这样。

我发这封邮件，只是告诉你，你已经被揭穿了。如果你现在还在咳嗽、生病，哼，知道你过得不好，我就很安心。

再见！

冒牌货！

永远不见！

每根刺都竖起来的刺猬小姐

又：我已经把你之前发的邮件全删了！

请你放心的刺猬小姐

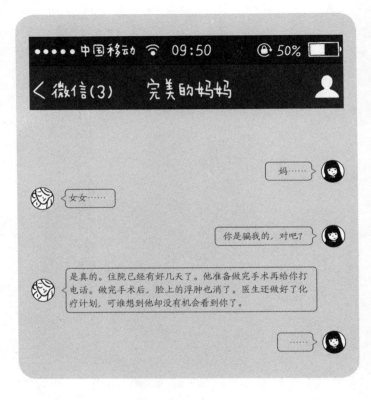

机场，人来人往，行色匆匆。

离飞机起飞还有两个小时。

眼泪再也止不住了。来英国有一年了，这好像是我第一次流眼泪。你等着我，等着我把你捶醒。你为什么一直不告诉我，为什么要这样？你以为这样是对我好，是吗？你真是天字第一号的大傻瓜！为什么？

你们是不是合伙骗我，想把我骗回家。要是让我发现你骗我，我非把你头上的头发全都拔掉。

一定是假的，一定是假的，对不对？

我不是小乞丐，不需要赞赏

0人赞赏

To 日落先生:

　　我希望永远被你骗，只要你不要离开我。爸爸，我就应该知道是你。我现在才知道，你为什么不想让我去英国，因为你自己知道你的日子不多了。可是，你为什么不告诉我？你为什么不告诉妈妈？为什么你要自己一个人承受？

　　为什么你没有等到我？你最后的日子是怎样的？我只能从别人那里知道，明明我才是你的女儿。也许你觉得这样是为我好，可是你有没有想到，我会因此自责一辈子？我不会原谅自己的。

　　你最痛苦的时刻，我希望我能在你身边。我现在根本不知道，自己以前在乎的那些自尊那些面子有什么意义？我为什么要那么辛苦向你证明？你都不在了，我还证明什么？

　　爸爸，我这两天心里一直忐忑，我一直很想你。当我拿起电话的时候，我翻到你的号码，可是我却一直没有下定决心去打。我为什么不打？也许你一直等着我的电话。

　　妈妈说，你在病床上，身上插满了管子。你的嗓子已经哑了，你已经说不出话来了。妈妈跟你讲话，都只能凑在你耳边。当妈妈给你看我最新发给她的照片时，你笑了，一滴眼泪从你的脸上滑下来。妈妈赶紧问你饿吗，还有什么想吃的，你用笔在纸上歪歪扭扭写了几个字——美式咖啡。当妈妈给你端来时，你笑了，笑得像个孩子。爸爸，我一直都想问你，为什么喜欢喝美式咖啡，那么苦，就像人生，你为什么还要笑着去啜饮？

爸爸，我看了你一眼。你瘦了很多，不再是一个胖子了。你的肚子也扁了下去，我再也不能枕在你柔软的肚子上了。你脸上是平和的表情。你是多么强大啊，连死亡你都甘之如饴。

可是，你连你的女儿最后一面都没有见啊。

我还不到17岁，你说过，这是危险的年龄，你为什么不陪着我走过？你一点儿都不担心我会走弯路吗？

爸爸，我一个晚上都睁着眼睛。我现在宁可相信人是有魂灵的。如果有，你一定知道你的女儿回来了，你一定会过来看我的，对不对？可是你什么都没有，你没有来看我。

爸爸，你知道吗？朋友圈里到处都是缅怀你的文字。大家都在慨叹你的为人，你的善良，你的平和，你的微笑，你的纯粹。当我打开网页，也都是你去世的消息，两三页都是。有你的学生写的，你的同事写的，编辑写的，作者写的。你常常孤独，但你拥有了这么多朋友，这么多爱。

我一个一个地打开看，看着你在不同场合的照片，我又一张一张地保存下来。他们在你将要离开这个世界的时候，都来看过你。他们跟你说话，接触过你的手，看到你最后的微笑。他们有的一直在那里，一直陪你到最后。

于是，我又开始哭了。那么多人爱你，我的爱就无足轻重了吧。你要的始终就是这些大爱，对吧？你对世界的大爱，而我，一个女儿的爱对你来说，真的不重要吧。

爸爸，我又恨你。恨你为什么要这样对我？为什么在最后的时刻，陪伴你的不是我，却是别人，那么多别人？

他们称呼你为"先生""老师""挚友""教育家"……你有那么多称呼啊。你到底最在意的是什么？

而我，不能再哭了，因为还有比我更悲伤的妈妈。

我必须笑着。残忍吧？像你一样，在最痛苦的时候微笑着，让别人知道我很好。我不能再给妈妈添麻烦了。

我会照顾好我自己，我会照顾好妈妈。

好了，我要去给妈妈买早餐了。她已经整整一天没有吃任何东西了。我还会写信给你。一直写。因为我总觉得，你不会真正离开。

请你放心的刺猬小姐

又：你会一直看着我们，对不对？

爱
你
的
女
儿

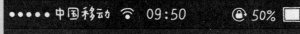

妈，我到学校了。英国的天阴沉沉的，就像你煮的绿豆汤，我还是怀念罕台的天空。我约了同学给我补课，等结束了我再打电话给你。你要注意身体，记得给自己做饭啊。晚上冷，把电热毯先插上电。这样，你晚自习回来后就可以躺在温暖的被窝里了。我找了一些这边《哈姆雷特》表演的视频给你，说不定你可以给你的孩子们看，发你邮箱了啊。记得要吃药。

 好的。

 我在想，他说过的那句话，可能不是生你的气。他那时就知道自己身体不好了，所以他才说，以后就不再见了。他一直都没想过要阻拦你。只是他为什么也不告诉我。如果知道了，我一定不会给他吵那么多架，也不会翻看他的手机。

妈，他肯定不希望看到你这样子。他是爱我们，不想让我们难过才不告诉我们。所以，我们要好好活着。

To 日落先生：

不得不说，亏你想得出来，在你的葬礼上，放你跳健美操的视频。天南海北赶过来送你的两百多人，都准备好眼泪和肃穆来看你。有你在陕西的哥们儿，那时我天天黏着他叫他二爸的。他一来就喝了好多酒，喝完酒就在内蒙古高原上唱秦腔：

> 羊肚肚手巾吆三道道蓝
>
> 咱们见个面面容易哎呀
>
> 拉话话的难
>
> 一个在那山上吆一个在那沟
>
> 咱们拉不上个话话哎呀招一招个手

唱得撕心裂肺，一脚栽到沟里了。风自吹来，天自蓝，草自黄，大漠孤烟。我一脚把他踢醒，原谅我，我毕竟上过格斗社团。他迷迷糊糊地笑着说："哈，我前一段时间说要过来看你，你为什么不让我过来？你是不是怕我看到你住在学生宿舍打地铺？堂堂一个教育专家，混成这个样子？"他的眼睛猩红猩红的，"看看我，有车有房，过得多安稳。"他哭起来，"可是兄弟，你知道我为什么想来看你？我也想逃出来，逃出安稳。我每天醒来，都想起我们在中师时，挥斥方遒的意气，可是现在我每天，都是一个模子。我羡慕你，我一直都嫉妒你。"

他呜咽着。天色已暗，我不能让他这样，至少第二天，他还要参加你的葬礼呢。他这样，说不定会撒酒疯。所以，我当机立断，又踢了他一脚，他的酒立刻醒了大半，跟着我跟跟跄跄地回来了。

这几天，真是忙疯了，天知道为什么这么多人这么老远来看你。不过，忙了倒好，我没时间去想你。说出来，你别生气。我在你去了之后的第二天晚上喝醉了。你说过，我没满18岁，不能喝酒。我以为喝醉之后，会一醉解千愁。切！都是骗人的。我喝得烂醉如泥，不能控制自己的身体，一走就摔跤，可是摔跤也不痛哎，意识还是清醒的，心痛也是真实的，我还能感受到我的眼泪。我也不知道怎样爬到床上的，到半夜还起来吐了一次。

但是第二天，我就想，不能这样了。我这样，你肯定要难过的。我没有那么容易溃败。也许，经历过最黑暗的时刻，就不再怕了。

好，现在言归正传，说说你的葬礼吧。不知道你是否莅临了。你的那位兄弟酒醒之后，没有丢咱老家的人。他只说了一句话：从此，在这世界，少了一个可以不回家的理由。

幸亏，他老婆没来。

你的西西同事，念了一首诗，估计你听了会很有感触。

　　　　我认出风暴而激动如大海，

　　　　我像一面旗帜被空旷包围，

　　　　我感到阵阵来风，我必须承受；

　　　　下面的一切还没有动静：

　　　　门轻关，烟囱无声；

　　　　窗不动，尘土还很重。

　　　　我认出风暴而激动如大海。

　　　　我舒展开来又卷缩回去，

　　　　我挣脱自身，独自

　　　　置身于伟大的风暴中。

　　这是你最喜欢的一首诗。如果你知道纵身一跃跳入
风暴中是一场脱离正常轨道与现世安稳的冒险，你还会
这样做吗？

　　你的徒弟，我的师兄，那个沉默寡言的男孩，就是
你邮件里所说的对他极为苛刻的那个男孩吧。他只说了
一句话：谢谢你。

　　你听到这三个字又是什么想法呢？

　　爸爸，在你的葬礼上放健美操是你的想法吧？你知
道吗？看到这段视频的时候，大家都笑了，含着泪的笑
啊。视频上的你还很胖，不是很协调地扭臀、提胯。西
西先生笑道："真是一个灵活的胖子啊！"

　　半年前录这段视频的人，当时是不是也笑声不断？
谁又能想到跳舞的已经是个重病之人了呢？

　　我们都在笑，含着泪。

　　你应该满意了吧。你曾经给我说过，最伟大的艺术
就是含泪的微笑。你做到了，以一个灵活胖子的姿态，
舞蹈着走向死亡。

很好，爸爸。

可是，视频看到最后，我还是大哭了。那上面写着：献给我最爱的女儿。我知道，你想用这个，告诉我些什么。

你告诉我什么呢？

爸爸，你到底要告诉我什么呢？

在家里待了几天。妈妈经历了最初的悲痛后，也好了很多。我们毕竟还要往前走，不是吗？如果我这么容易被击垮，我就不配做你的女儿。我现在明白了，我一辈子都无法走出你的光环。而我，再也不想逃出你的光环了。

我很骄傲，因为我爸爸是一个了不起的人。

我是一个了不起的人的女儿。

记得在我14岁生日的时候，你问过我一个问题，如果再给我一次机会选择，我会选择谁做我的爸爸妈妈？你说，可以在历史长河古今中外甚至外太空选择，当然大猩猩也可以。

我当时没有回答你。

爸爸，现在我告诉你，我根本不想做这个选择。因为我害怕我再选择一次，我会没有那么好的运气，成为你和妈妈的孩子。

我现在回英国了。你放心，我可以自己养活自己了。我会每天给妈妈发微信，我会经常给你写信。

爱你的女儿

站在阳光下，我们都
是一棵等待开花的树

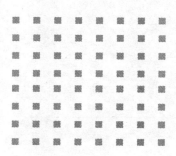

 我今天一看时间，才想起前天是你的生日。我本来一直记着的。

哈，你就是糊涂。

 你生日是怎么过的？

我和文利、凯文去外面露了营。我自己画了一幅画，又给自己写了一封生日信。

 以前都是爸爸给你写生日信的。我本来打算写给你，前两天一直记得这事，写了几句，写不下去了，我写不了他的风格。我看到了你写的生日信，还是你最了解他。如果是他自己写，他也一定想对你说出这些话的。内蒙古今天的阳光，清冷而又温暖。我打开窗户，使劲儿吸了一口气，对自己说，我要好好活着。

等你们班级骑行去西藏的时候，叫上我。我们一起，去远方。

To 日落先生：

现在正是午后，阳光正好。我在湖边写信给你，草木正在发芽，金雀花枝头上鸟儿们正在说着情话。

我收到了"巫婆"经理寄来的明信片。她现在正在发起一件事情——街头邮箱，已经有好多人在响应她。每家门前都会竖立起一个小木箱，装满了书籍或者不用的衣服。这样，行人或者流浪汉就可以在里面找到自己需要的书籍或衣物。

明信片里的她，穿着运动鞋，衬衫系在腰间，手里拿着一把斧子，正在做小木箱。好像是她，又好像不是她。一样的，还是那个微笑，完美的微笑，百度搜不到。

忘了告诉你，我现在周末会去孤儿院。只要给我一支笔，我就能边画边讲，故事就会源源不断地涌出来。凯文也陪我去过一次。对，就是我的搭档。那些孩子一拉着他的手，他就一副手足无措的样子。很快，他就沦落为给我拿黑板拿包的角色。回来的路上，他说，那些孩子听我讲故事时眼睛是亮的。他说，如果我愿意写童话，他就愿意相信童话。我想，我会写吧，说不定还会画成图画书。

在孤儿院的书架上，我看到一本《小公主》。我想起了我们刚离开家乡去成都的日子。那对送我书的夫妇去哪里了？他们还好吗？我想起了那段痛苦的日子。不过，现在都变成了回忆，不美好，但是我从痛苦中吸取了力量。

我还收到了"真的日落先生"的包裹。是几本他的书。我最喜欢其中的一本诗集。我今天读了第一首诗，其中有一句读起来颇感动。

　　　　站在阳光下，我们都是一棵等待开花的树。

爸爸，他像阳光，让人忍不住去信任。我也不知道为什么，给他写了一封长长的邮件，把我的事情告诉他。他让我继续写邮件给他，他非常愿意听我的故事，也非常想和我讨论。而我，却犹豫了。

犹豫的原因是，我的确害怕，害怕我习惯后，他又突然消失了。毕竟他年纪也大了。我害怕跟人建立连接，然后又突然失去。

　　我昨天晚上给妈妈打电话了。她还好，她有她的30个孩子。她说，起初她是不想说话的。上课时还好，无论多大的悲伤她都会暂时忘记。可一下课，她就会想起，然后就淹没在悲伤里了，整个人木木的，好像整个世界都不存在了。然后孩子们就会过来抱住她，给她讲笑话，看见她不笑就不知所措，把头埋在她怀里。她感受到了生命的力量，那些温暖的小手让她感受到了生命，活生生的温暖。于是她就经常和他们在一起，下课带着他们玩。

　　爸爸，你走后我又陷入了前所未有的孤独。有时候我会和文利在一起，我也在她家睡过两天。我初中时喜欢的那个男孩子，向我表白了。我知道我需要温暖，但不是他的，他不是和我气息相投的人，所以我拒绝了。他又去找文利，猜猜怎么着？文利把一根炸薯条塞到他嘴里，然后很优雅地说："不。"这样的男孩，就像油炸食品，其实是垃圾。最近有一个男孩迷上了文利，经常给文利打电话约她出去，文利怕我寂寞，硬是在我面前拒绝了那个男孩，好显示出她和我的友谊胜过一切的样子。我很感动，但是完全没有必要。

因为我喜欢孤独。

大部分时间里，我会一个人，孤独地坐在窗前。我害怕这份孤独，同时又享受着它。因为在这孤独里，我会慢慢想起你，想起在我17年的生命里，你所给予我的。谢谢你在最后的日子里，给我讲了那么多你的故事。那些邮件，我又从垃圾箱里找回来，一封一封地读，就好像你在对我说话一样。

你的离去，在我心里留下了巨大的空白。没有最后见到你，对我是一种遗憾。我常常打开邮箱，幻想着我会收到你生前写给我定时发送的邮件。可惜，没有，所以我只能私自揣测你要对我说而没说出口的话。

虽然你写不动，说不出，但你的心里一定有话要对我说。

如果是在小说里，我应该在今天就会收到你的邮件。因为今天是我的生日。因为每年的今天，我都会收到你的生日信，从不间断。即使你因为工作三更半夜回家，你也没有缺席。

如果是在小说里，你一定会提前写好这封信，设置好定时今天发给我。然后我看到你的信，哭得稀里哗啦，再告诉自己，爱在我心中。

但是这不是小说。

你该给我的，其实已经给我了，不是吗？

爱你的女儿

写给女儿17岁的生日信

亲爱的女儿：

我知道你一直在等我的信。我说我会一直写到你18岁，写到你的成人礼。

看着你一天一天长大。小时候，你到哪里都拉着我和妈妈的手。上小学时，你一会儿拉妈妈，一会儿拉我，让我们俩争风吃醋，还不停给我们说着你在学校的见闻。三四年级时，你终于有了自己的朋友，和朋友像小鸟一样在前面跳来跳去。我和妈妈跟在后面，看着你们的背影。

小学毕业时，虽然我们还挤在一间房里。但是你已经有了密码本，打电话时也会偷偷出去打。你的叹息只留在心里，从来不会告诉我们。到了初中，你在内蒙古高原上流浪，塞着耳塞，走在前面。稀薄的阳光照在我们身上。你穿着红棉袄，在雪原上热烈得耀眼。你已经出落成一个少女了，妈妈慨叹道。等你去了正式的学校，你开始写小说。你生活在你幻想的世界里，跟我们已经不在一个世界了。后来你有了自己喜欢的男孩，你会为他流泪，觉得自己配不上他。爸爸看在眼里，真想把那个男孩叫过来，说，是你配不上我的女儿。

你不知道，在爸爸的眼里，古今中外，没有一个人配得上自己的女儿。这是爸爸们的小心思。原因，你懂的。

后来，你又要出国。你就像一个风筝一样越飘越远。我们永远只能遥遥注视。出国，就好像风筝线断了一样，爸爸就再也不能照看你了。你的脾气和我很像。你极度自卑又极其自尊，张牙舞爪却内心脆弱，你有着强烈的道德感，看待世界总是非黑即白。

所以爸爸总想让你留在身边。在我眼里的黄金时光，就是那些日子吧——那时在苏州，我骑着车，你坐在我后面。骑车的人心里不慌，坐车的孩子扎俩小辫，两条腿晃来晃去。骑车的和坐车的，说些兔子啊之类的无关紧要的话。但那却是最美好的日子。

你成绩不好，甚至要留校察看。我和妈妈都不在意。其实，那不是你的错。你是一个很努力的孩子。你很想证明，你没有丢爸爸的脸，你配得上做爸爸的女儿。所以你总是比别人努力。成绩不好，责任在爸爸。爸爸总是换地方，总是换地方，让你刚刚适应了一个学校，又要去新的学校。换一个地方，对于大人来说都需要适应，更何况你还是一个孩子。

所以我常常自责。

那天，学校把我叫去谈话。我听老师很遗憾地说起你的成绩。她是一个好老师，你天天在念叨。她很不好意思，觉得没有把你教好。而我看的却是你。走廊里，你一个人坐在排椅上，低头看着地，只有两根小辫子颤抖着。你在哭吗？你看起来，那么弱小。

我跟老师说，我不在乎你的成绩，我对你没有什么要求。我更在乎的是，你的品格，你的善良。有一次在街上遇到一个乞丐，你用自己的钱给他买了一碗饭。可是你又害怕他的断腿和身上的毒疮，你想请爸爸帮你放过去。爸爸拒绝了。你就站在那里哭，最后还是自己把饭端了过去。

你的善良让你拥有了力量。

爸爸从老师那里出来时，你紧紧地攥着我的手。你的眼光是那么绝望，爸爸心里很痛。

有时候看着你，跟着我颠沛流离，从来没有住过一间像样的房子，爸爸也会心痛。会想，你会嫌弃我穷吗？

你的童年是自卑的，是孤独的。我的孤独是我选择的，而你的孤独是我带来的。

你扬起小脸笑着问我："爸爸，你为什么爱我？"

我蹲下来："因为你就是你。"

"我有什么好的？"

"你是一个了不起的孩子。"

你笑了，像个孩子。

看着你的笑，我的心却一酸。可是女儿，如果再选择一次，我也许不会离开家乡，也许我会朝着那条为我铺好的道路，顺理成章评上特级教师，到处讲座，为你和妈妈提供优渥的生活。但这一辈子，我会对你内疚，可是我从来不后悔。

因为我看到了生命自由的样子，就很难再回去。我本可以忍受黑暗，如果我不曾见过太阳；然而阳光已使我的荒凉，成为更新的荒凉。出走是一场冒险，摆脱了物质和体制的羁绊，也就失去了物质和体制带来的安全感。这就是自由的代价。

但是真正在草原上驰骋过，怎么还会眷恋安全的牢笼？

爸爸并不是一个伟大的人，我只是一个忠于内心的人。我在专业上有了一点小小的见解，在教育上有着自己小小的梦想。见过大海，才知自己的渺小。见过高山，方知自己的卑微。

出走之后，我越来越谦卑，同时也越来越自傲；越来越同情，也越来越无奈；越来越悲观，但又迸发出新的微小的希望。

　　以前，我以为的自由，是有能力做出选择。弱小者，是没有自由和自尊可言的。

　　你肯定觉得奇怪，那么多机构向我伸出橄榄枝，我可以在很多学校做出选择，为什么要在内蒙古这片贫瘠的土地上留这么久？看起来我有很多能力，我可以自由了，我却自缚在了这里。

　　在这里我事务缠身，每天面对着团队的压力、资金的压力、人员短缺的压力，甚至我们的一日三餐——不能总吃土豆酸菜吧。我得让大家吃饱，所以我甚至还要开着车去买菜，去写书，虽然那些书我知道过几年就会成为垃圾，因为我的想法还远未成熟。但是我需要稿费，让大家周末吃到肉。

　　看起来我更不自由了。你肯定这样想过。但是，我却前所未有地自由。给我羁绊的，正是给我力量的。

　　自由是一种内心的感觉，但是却依赖于外在。

　　真正的自由，是和一群尺码相同的人，做着一件你们热爱的事情。

亲爱的女儿，即使我走了，我也不会担心。因为我知道，真正重要的，已经种在你的心里了。

在你成长的十几年里，你遇到了很多困难，但是你都顽强地挺过去了。重要的是，你依然善良，依然正直；最重要的是，你一直在追寻你的自由。

会有一天，你会找到一群人，一起做一件你们热爱的事。

爱你的爸爸

我不是小乞丐，不需要赞赏

5人赞赏

因为热爱生活，所以我遇到了你。